이 생에서는 결코 이별하고 싶지 않은
당신에게 드립니다.

너를 잃고 나를 얻다

너를 잃고
나를 얻다

이별을 자주 하는 이 여자가 사는 법

이신우 지음

스토리정글

Prologue

이별 후에 오는 것들

이별(離別)의 사전적 의미는 '서로 갈리어 떨어짐'이다. 서로 인사를 나누고 헤어진다는 의미인 '작별(作別)'과는 그 의미가 다르다. 이별이란 그저 헤어짐이다. 서로 나뉘어 더는 볼 수 없게 된다는 의미다, 때로는 인사도 없이. 그래서 이별은 사전적 의미만 보아도 가슴이 쿵 내려앉는 느낌이 든다.

누구나 한 번쯤 이별의 경험을 한다. 남녀만의 헤어짐뿐 아니라 부모님과의 헤어짐, 지인과의 헤어짐, 반려동물과의 헤어짐… 등 상대가 일방적으로 떠나거나 서로 멀어지는 식으로 우리는 저마다 이별을 한다. 나 역시 몇 번의 이별 경험이 있다. 아니, 나는 유난히 이별의 경험이 많다. 특히 오랫동안 키워 온 경주마와의 이별은 셀 수 없을 정도다. 그들과는 만날 때 이미 이별이 예고된 셈이다. 내가 이 일을 하는 한 나는 그들과 수없는 이별을 반복해야 한다.

이 이별이 고통스러운 것은 몇 년이 흐른 후에도 그 순간이 생생하게 살아 숨 쉰다는 사실이다. 잦은 이별이지만 시간이 아무리 흘러도 결코 적응되지 않는다. 늘 그 이별이 믿기지 않고 어디선가 그 친구가 살아있을 것만 같아 그리움조차 들지 않을 때가 많다. 이름을 부르면 달려올 것만 같아서….

그래도 보지 않으면 조금씩, 아주 조금씩은 무뎌진다. 마음을 누르려고 애쓰면 참아지기는 한다. 또 바쁜 일상 속에서 자연스레 놓게 되기도 한다. 그래서 어느 순간부터는 매 순간 그 추억으로 슬퍼하는 일은 줄어들게 된다. 물론, 이따금씩 함께했던 추억들이 떠올라 울컥하는 감정이 올라오긴 하지만.

사람과의 관계도 다르지 않다. 꼭 사별이 아니라 서로 성격이 맞지 않아 싸우거나 오해의 감정들로 인해 헤어지게 되었을 때. "그래, 헤어지자."라고 인연의 끈을 서로 함께 놓아버리는 경우도 있고, 그냥 일방적으로 상대를 남겨두고 떠나는 헤어짐도 있다. 어떤 이별이든 앞에서 말한 것처럼 만나지 않는다면, 과거의 행복한 기억으로 인해 울컥하는 순간도 점점 덜해질 수 있다. 차라리 서로 볼 수 없는 환경이라면, 처음엔 힘들지 몰라도 '시간이 해결해 준다'는 삶의 진리처럼 인간의 망각 시스템에 의존해

서서히 괜찮아져 갈 테니까. 지금 나의 마음이 꼭 그렇다. 남겨진 사람으로서 그의 안부가 궁금하기도 하지만, 그래서 더 많은 아픔이 때로 내게 다가온다. 차라리 보지 않을 수 있다면 조금은 나을까. 자주 그런 생각을 하게 된다.

이별에도 다양한 방식이 있겠지만, 가장 중요한 건 '이별은 나를 위해' 해야 한다는 것이다. 상대방 없이는 죽을 것만 같고 온 세상이 그 또는 그녀를 위한 세상 같지만, 그래서 이미 떠나간 상대를 놓지 못하는 건 그저 나의 이기심과 욕심일 뿐이다. 그리고 그것이 서로의 관계를 더욱 힘들게 한다. 무엇보다 나 자신을. 이별이 나 자신을 위한 것이어야 한다고 말하는 이유는, 내 삶이 조금 더 앞으로 나아가고 조금 더 건강해져야 하기 때문이다. 이별은 이전의 관계가 아닌 이후의 관계를 위한 것이 되어야 한다. 내 마음과 몸이 건강해져야 다시 새로운, 건강한 관계를 맺을 수 있을 테니까.

그래서 나는 오늘 다시 용기를 내어본다. 이제는 내 앞에 놓일 수많은 이별들을 성숙하게 받아들이려고 한다. 이별은 언제나 어려운 법이지만, 이렇게 아픈 이별을 지나고 나면 내가 훨씬 더 단단한 사람이 되어있을지도 모를 일 아닌가. 물론 지금도 '내가 그러지 않았더라면….' '내가 좀 더 나은 사람이었더라면….' 하며 후회할 때가 있다. 그러나 건강한 이별은 그 후회조차도 서서히 보내는 것을 의미할 것이다. 다시는 후회하지 않을 사랑을 하고 싶다. 누구에게도 반쪽짜리 이별이 아닌, 온전한 사랑이 될 수 있도록.

이 책은 이별에 대한 얘기다. 연인, 지인, 부모, 경주마, 반려동물, 동료와 선후배, 내가 좋아하는 연예인, 심지어 타고다니던 차, 버려야 하는 사소한 물건까지… 세상 모든 이별에 관한 얘기. 하지만 새로운 만남과 삶의 시작에 대한 이야기이기도 하다. 너를 잃었지만 나를 얻은, 슬프지만 다시 웃고 싶은 그런 이야기. 누군가에게는 외로움을 달래주는 일기장이, 누군가에게는 감추고 싶었던 슬픔을 쏟을 수 있는 편안한 벗이, 누군가에게는 절망을 희망으로 바꾸어줄 용기가… 되어주길 바란다.

무엇보다 내 외로운 시간을 채워준 글쓰기와 여전히 곁을 지키는 모든 이에게… 사랑한다는 말을 전하고 싶다.

-과천에서 깐부, 던킨과 함께

이신우

Contents

Part 2 너는 어떻게 지내? 나는 이렇게 지내

Part 3 솔직히 말해서 정말 우울하지만,

Part 4 그래도 잘 살아내고 싶어

Part 5 이별은 내게, 나를 더욱 세게 보듬는 법을 알려주었다

Part 1

나는 아직도 이별이 어렵다

이별 사실을
인정했습니다

이별 후 1년.
그제야 난 이별을 인정했다.
그리고 또 1년.
완전하지는 않지만 거의 마지막인 미련 한 스푼을 덜어냈다.
그리고 또 1년.
혼자인 삶과 또 가끔은 함께인 삶에 거의 익숙해지려 한다.

낯섦이 평범한 일상으로 완전히 바뀔 때쯤
내가 누군가를 죽도록 사랑했노라고,
그러나 지키지 못해 아팠노라고,
눈물을 흘리지 않은 채 쓰게 될 것이다.

아프지 않은 이별이란 없겠지만,
건강한 이별은 있다.

나는 너를 잃고, 이렇게 나를 쓴다.
나의 고백 속에서 너는 아직 살아 숨 쉬지만,
이 숨이 꺼질 때쯤
나는 너를

내 하나뿐인 '슬픈 그리움'이라고
웃으며 부를 수 있을 것이다.

우리의 이별 장면은
어떤 모습이었을까

책과 영화를 좋아해서 시간이 날 때마다 챙겨보곤 한다. 로맨스가 아니더라도 많은 이야기 속에는 이별 장면이 등장한다. 그것들을 보면서 이별에도 다양한 방법이 존재한다는 것을 알게 된다. 그리고 생각해본다. 나의 이별 장면은 어떤 모습이었을까.

오래 함께 지낸 연인은 시간이 흐르며 '우리가 이별할 때가 되었구나.'를 예감하기도 한다. 그래서 어느 순간 말없이 멀어지고, 자연스럽게 헤어진다. 또 어떤 커플은 예상치 못한 이별을 맞이하기도 한다. 한쪽이 사고를 당해 세상을 떠나거나 가족의 반대로 어쩔 수 없이 헤어져야 하는 경우도 있다. 그리고 한쪽은 준비되지 않았지만, 한쪽은 이미 준비된, 그런 이별도 있다. 나처럼 말이다.

만남과 이별은 누구나 겪는 일이다. 하지만 이별이라는 놈은 해도 해도 익숙해지지 않는다. 대부분의 이별은 해결되지 않은 감정을 유효기간 없이 간직한 채 고통을 견뎌야 한다. 시간이 지나면 괜찮아진다고 하지만 익숙해지는 것일 뿐 괜찮아지지는 않는다. 나처럼 남겨진 경우에는 더욱 그렇다.

나는 이별했다. 이제야 그 사실을 인정했다.

나의 이별 장면이 너무 아파서 나는 밤마다 울었고, 그 사실을 받아들이고 인정하는 것이 두려웠다. 그 이후에 어떻게 살아야 할지 아니 살 수 있을지 감당할 자신이 없었다. 한 번 보고 덮어버리면 되는 책이나 영화처럼 나의 이별도 그렇게 한 번에 덮이면 얼마나 좋았을까. 그러나 여전히 자주 아프고, 인정은 했지만 완전히 현실로 받아들이기엔 너무나 낯선 일상의 연속이었다. 이 장면은 계속해서 떠올라 지금도 나를 자주 괴롭히곤 한다.

그러나 이 낯선 일상도 언젠가는 평범한 일상이 되어갈 것이다. 내 삶에 다른 일상은 절대 없으리라 생각했는데. 혼자 밥을 먹고 잠들며 살아가는 이 시간이 '내 삶'이라고 자연스럽게 받아들여지는 시간들이 오고 있다.

나는 이별했구나. 더는 그 사람이 내 곁에 없구나….

그 사람은 떠났지만, 나는 여전히 자주 몰려드는 아픔과 미련 속에 있다. 어쩌면 정작 이별해야 할 것들은 그 사람이 아닌, 나를 에워싸고 있는 우울, 불안, 공황 같은 것들일지도 모른다. 불편하고 기분 나쁜 이 후유증과는 언제 이별이 가능할까. 한두 알 입에 털어 넣는 약도 내성이 생겼는지 별 소용은 없다. 그나마 글쓰기가 가장 효과적인 처방이다. 펜을 들고 한 자 한 자 써나가며 나의 이별을 감당해본다.

어느 책에서 그랬다. '기억의 가치는 돈으로 살 수 없다, 그 기억이 비록 원망이나 미움일지라도.'라고. 영원한 사랑은 없다, 영원한 기억만 있을 뿐. 사랑은 따뜻했고 이별은 차가웠지만 내 긴 삶의 여정에서 그 온기만은 돈으로도 살 수 없는 좋은 기억으로 남을 것이다. 이 이별이 또 다른 만남으로 올지, 재회로 내 삶을 다시 열어가게 될지 알 수 없다. 하지만 나는 내 삶의 여러 장면을 새롭게 써나가려 한다. 더는 같은 이별의 장면이 오지 않도록.

이별을 자주 하는
이 여자가 사는 법

나에겐 부부, 연인이 아닌 다른 삶의 동반자가 있다. 그들의 이름은 깐부와 던킨이다. 깐부는 2021년생, 던킨은 2022년생인 고양이들이다. 이제는 반려견이나 반려묘들도 일생을 함께하는 가족의 구성원으로서 때로는 다른 어떤 가족보다 더 깊은 애정을 공유한다. 지금 나에겐 깐부와 던킨이 삶에서 가장 중요한 동반자들이다.

깐부와 던킨은 나와 한 방에서 지내며 한 침대에서 잠을 자고 집에 있을 때는 한시도 떨어지지 않는다. 짧은 기간 출장을 가는 일정 빼고는 거의 그들과 함께한다. 그들은 일에 지쳐 고단한 나에게 애교와 관심으로 위로를 해준다. 사람처럼 대화를 주고받을 수는 없지만, 가끔은 진지하게 내 얘기를 들어주는 것만 같다. 종종 '야옹~'이라는 대답을 하기도 하는데 그 '야옹'은 내 기분에 따라 해석이 달라질 때가 많다. 실제 의미가 무엇이든 나는 그저 '나에 대한 애정표현'이거나 뭔가 요구사항이 있을 때라고 내 마음대로 이해해버리는 편이다.

말로는 표현하지 못하지만 그들이 하는 행동을 보면 얼마나 나를 아끼는지 온몸으로 느낄 수 있다. 잠을 잘 때도 내 신체 어딘가에 자신이 맞대고 있다는 신호를 끊임없이 보낸다. 그럴 때면 마음이 편안해져서 잠이 더 잘 온다. 일을 끝마치고 방에 왔을 때 아무도 없는 적막함과 공허함만 가득하다면 나의 우울은 점점 더 심해졌을지도 모른다. 사실 고양이 두 마리를 반려동물로 입양한 것도 나의 우울증 때문이었는데 그 친구들이 상담사 역할을 조금이나마 해주는 것 또한 사실이다.

반려동물은 단지 내가 기분 좋을 때 이뻐만 해주는 대상은 아니다. 그들 또한 나와 함께 살아가는 존재들이니까. 그들을 책임지고 돌봐주며 행복하게 만들어주어야 할 의무와 책임감이 보호자인 나에게도 주어진 것이다. 반려동물 또한 감정이 있는 생명체다. 나의 필요에 의해서만 그들을 찾는 것이 아니라 그들이 나를 원할 때도 충분히 만족시킬 수 있어야 한다. 아마도 그들이 나보다 먼저 세상을 떠나겠지만 그 이별의 순간이 오기까지 함께 살아가며 서로를 위해 최선을 다해야 한다. 우리는 삶의 동반자이니까.

이들 못지않게 중요한 동반자들이 있는데 바로 내가 돌보고 있는 경주마들이다. 경주마들은 깐부, 던킨과는 조금 차이가 있다. 각 경주마들마다 주인이 있고, 그들을 '마주'라 칭한다. 마주가 경주마를 나(조교사) 같은 사람에게 위탁하면 나는 그 말들을 훈련시키고 경주에 출전시켜 좋은 성적으로 마주에게 상금을 벌어주는 역할을 한다. 경주마는 나의 경제적 활동에 없어서는 안 될 주인공이자 핵심 수단이기도 하다.

경주마는 동물이기 때문에 언제든 질병이나 부상을 입을 수 있다. 경주마에게 문제가 생기면 경주에 출전하기가 어렵거나 출전하더라도 좋은 성적을 내지 못하면 그 경주마는 경마장을 떠나야 한다. 그러다 보니 돌보던 경주마들과 예고 없는 이별을 맞이해야 할 때가 수도 없이 많다. 그런 면에서 경주마들은 나와는 만나고 함께 호흡하며 일하는 동반자들이기도 하지만 어느 한 마리 경주마조차 전 생애를 나와 함께 할 수는 없다는 점에서 스치는 인연일 수도 있다.

그 존재의 의미가 어떻든, '함께 살아간다'는 것은 서로에 대한 책임이 따르는 법이다. 적막한 공간과 허전한 마음을 서로 채워주는 만큼 서로에 대한 예의와 대가 없는 사랑이 필요하다. 이별은 불시에 찾아온다. 이별 뒤에는 서운한 감정보다는 미안한 감정이, 후련한 감정보다는 아쉬운 감정이 들기 마련이다. '내가 좀 더 잘할걸.'이라는 마음은 피해갈 수 없겠지만, 그것을 예방하는 최선의 방법은 바로, 지금 이 순간 마음껏 사랑하는 방법뿐이다. 이별은 우리에게 그리움이라는 선물을 안겨주기도 한다. 눈물만큼이나 아련한, 행복을 그리는 미소가 지어지길 바라며 조금 더 그들을 안아주어야겠다.

스카이베이와의 만남과 이별
그리고… 그 후

사진 한 장에 갑자기 시야가 흐려진다.

눈물이 많은 것이 나는 참 싫다. 늘 만남과 이별이 교차하는 이 삶 속에 있기 때문이겠지.

혼잣말로 조용히 부르기만 해도 울컥하는 이름 하나. 소리 내어 차마 부르지 못하는 그 이름을 썼다 지웠다 썼다 지웠다만 반복한다. 애써 떨리는 손가락에 힘을 주어 써본다.

'스카이베이….'

우리가 함께했던 추억을, 그리움을 이제는 꺼내 보려 한다. 아마도 이 글을 쓰는 내내 많은 용기가 필요할 것 같다.

봄 경주마 세일이 열리는 미국 플로리다주 오칼라의 4월은 한국의 6월만큼 덥다. 스카이베이와 나는 2017년 무더운 4월의 미국, 그곳에서 처음 만났다. 그녀가 두 살이 되던 해였다.

두 살의 스카이베이는 사람으로 치면 여자 아이돌을 연상시키는 예쁜 암말 경주마였다. 똘망똘망한 눈망울에 새침하게 꼭 다문 입술(얼굴은 살짝 깍쟁이 같은 느낌도). 달콤한 초콜릿과 고소한 향이 날 것만 같은 카페모카 색깔의 마체. 거기에다 쭉쭉 뻗은 근육질 네 다리와 빵빵한 엉덩이는 세계에서 가장 빠른 흑인 육상선수 우사인 볼트가 암말로 환생한 것 같은 착각을 하게 만들었다. 한눈에 반한 나는 스카이베이를 경매에서 낙찰받고 한국으로 먼저 돌아와서 그녀를 기다렸다. 그녀는 약 한 달 후 생애 첫 비행길에 올라 한국이라는 나라에 도착했고, 곧이어 서울경마장으로 왔다. 그리고 우리의 이야기는 시작되었다.

2018년 11월 11일은 빼빼로 데이였다. 3세 어린 암말 스카이베이가 부산경마장에서 개최된 경남도지사배 대상경주에서 우승의 기쁨을 안겨줬다. 대상경주에서의 첫 우승이었다. 후속마와 큰 차이로 여유 있게 우승을 했다. 그 경주 이후 두 번의 우승을 더 안겨주었다. 그리고 겨울이 채 떠나기 싫은 듯 조금은 쌀쌀한 2021년 3월 봄날. 5세가 된 스카이베이는 잦은 운동기 질환으로 다리를 아파했다. 그동안 많은 이들에게 기쁨을 안겨 주었던 스카이베이에게 보답을 해야겠다는 한마음으로 마주와 나는 그녀의 은퇴와 행복한 여생을 고민했다. 그렇게 스카이베이는 제주도의 한 목장에 엄마 말로서 제2의 마생을 시작하게 되었다. 당시 그녀의 나이 6세였다.

얼마 후 스카이베이는 결혼을 했고 바로 이어서 임신 소식을 전해주었다. 스카이베이의 임신은 많은 경마 관계자들에게 반가운 소식이었다. 스카이베이는 한국에서 아주 잘 뛰었던 경주마이고 아빠는 지금도 핫한 머스킷맨이라니. 태어날 망아지에 대한 기대가 하늘을 찔렀다. 마침내 스카이베이 옆에 작은 스카이베이가 나타났다. 엄마를 그대로 복사 붙이기라도 해 놓은 듯 똑같았다. 게다가 수망아지라니.

그러나 기쁨과 벅찬 감동의 순간은 잠시. 11개월에 태어나야 할 첫 망아지가(말은 사람보다 한 달 더 태아를 품는다) 12개월이 임박해서야 태어나는 바람에, 스카이베이는 큰 상처를 입었다. 그리고 심하게 하혈을 하기 시작했다. 수의사와 목장주는 최선을 다해 응급상황을 넘겼고, 긴 시간 치료가 필요했기에 모두가 매달렸다. 그렇게 몇 달. 주니어 스카이베이는 엄마와 함께 초지로 나가 뛰기도 하고, 배가 고플 때는 힘껏 어미의 젖을 빨기도 했다. 그렇게 상처가 아물어 가는 듯했지만… 행복했던 3개월이 쏜살같이 지나던 어느 날. 전화 한 통이 걸려왔다.

“스카이베이가… 제대로 서 있지도 못할 만큼 앓고 있어요. 몸이 불덩이인 게… 제엽염인 것 같아요. 얼마나 버틸지 모르겠어요.”

제엽염은 말에게는 치명적인 질병이다. 가슴이 철렁 내려앉았다. 스카이베이가 아프다는 소식은 그 어떤 소식보다 나를 무섭게 만들었다. 밤새 두려움에 떨며 한숨도 이루지 못했다.

그리고 2023년 이후부터… 나와 스카이베이의 추억은 없다.

나는 아픈 그녀의 곁을 지켜주지도, 마지막 그녀의 길을 함께 하지도 못했다. 나는 겁쟁이였고, 지금도 여전히 말들을 보내주는 일이 서툴고 힘겹다. 그토록 사랑하고 아끼던 친구였지만, 바보처럼 그저 소식을 전화 너머로 전해 듣고 며칠 동안 울기만 했다. 스카이베이의 자마를 보고 싶었지만, 스카이베이가 너무 보고 싶을 것만 같아서 그 발걸음을 뗄 용기조차 내지 못했다.

2023년 4월, 목장에 다녀왔다. 큰 용기가 필요했다. 드넓은 푸른 초지에는 1세 수망아지들 여럿이 어우러져 뛰어놀고 있었다. 그중 낯익은 얼굴이 눈에 들어왔다. 스카이베이의 첫 아기이자 마지막 아기. 여전히 말 이력 사이트에는 ‘스카이베이 자마’로 표기되어 있는 그녀의 둘도 없는 분신.

나는 눈동자가 보이지 않는 까만 선글라스를 쓰고 그 아이와 오랜만에 마주했다. 차마 "안녕? 잘 지냈어?" 이렇게 소리 내어 인사는 하지 못했다. 흐르는 눈물은 선글라스가 감추어 주었다. 유별나게 사람을 졸졸 따라다니는 그녀의 아들은, 엄마와 너무 일찍 헤어져 어미의 정이 그리운지 사람을 엄마라 생각한다고 했다. 나는 가만히 다가가 그를 꼭 껴안아 주었다. 그 아이도 나만큼 스카이베이가 보고 싶을 것이다.

누군가를 만나고 정성을 쏟고 사랑하고 이별하고…. 아무리 반복해도 이 과정은 익숙해지지 않는다. 아마도 영원히 그렇겠지. 이토록 많은 이별 속에 놓였음에도 내가 쉽사리 이 자리를 떠나지 못하는 이유, 조교사라는 직업을 좋아하는 이유는…. 여전히 나와 함께 교감하는 많은 말들이 있고, 또 내가 사랑했던 수많은 말들을 기억하기 때문이다. 설사 그들이 이 순간 내 곁에 없다 할지라도, 그들과의 시간은 내 기억을 채우고 내 영혼을 채울 테니까. 어쩌면 내 삶은 이별이 남긴 기억들로 가득 채워져 나를 아프게 하고, 그 아픔을 이겨내는 힘으로 앞으로 나아가는 것일지도 모르겠다. 그것이 나에게 숙명이라면 나는 그 길을 뚜벅뚜벅 걸어가야 할 것이다. 그 많은 이별 속에서 남겨진 사람이 되어야만 한다는 게 못내 슬프지만. 이것을 감당하는 것이 또 나에게 주어진 삶의 몫일지도….

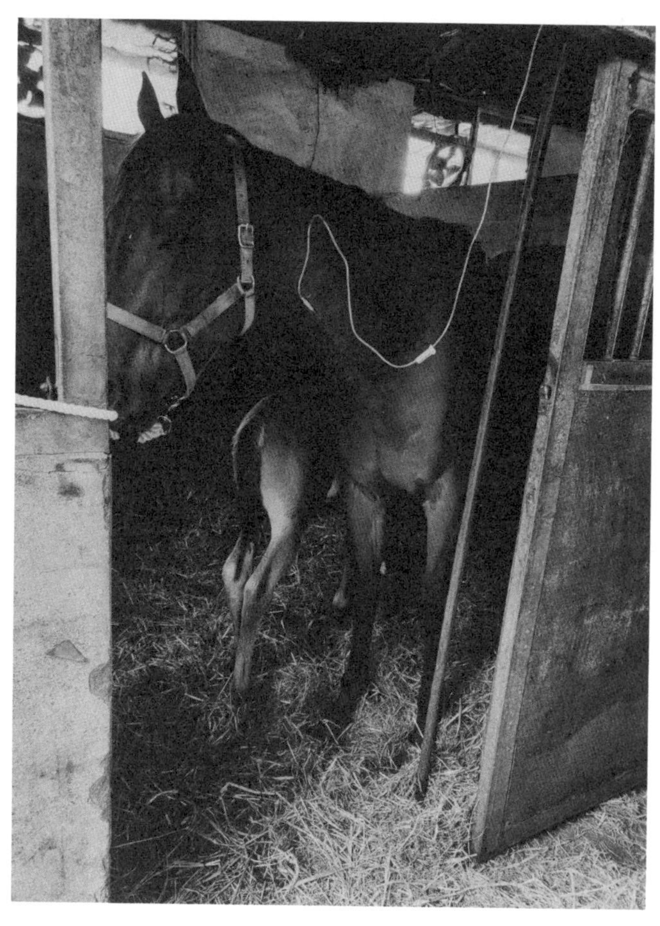

누군가를 만나고 정성을 쏟고 사랑하고 이별하고….
아무리 반복해도 이 과정은 익숙해지지 않는다.

나는 그에게
어떤 사람이었을까

이별 후에는 항상 자기반성이 오기 마련이다.

'나는 그에게 어떤 사람이었을까.'

특히 연인과 헤어진 마당에 굳이 이런 질문을 스스로 던져 보게 되는 것은. 아마 이렇게밖에 될 수 없었던 것에 대해 최대한 합리적인 이유를 찾으려는 몸부림이 아닐까. 이 순간, 나의 이별 과정과 이별할 때의 내 모습을 되돌아보게 된다. 난 왜 이별을 하게 됐을까. 난 그에게 과연 어떤 사람이었을까….

이별을 하고 나면 감정의 몇 가지 단계를 거치게 된다. 이별 직후에는 나도 모르게 '괜찮은 척'을 하게 된다. '이왕 이렇게 된

거, 잘됐어.'라며 현실을 받아들이려 애쓰는 것이다. 이 단계가 지나고 나면 '왜 이별을 하게 됐지?'라는 의문이 들기 시작한다. 그러면서 '나는 잘못한 게 없다'는 생각에서 출발해 모든 이유가 상대방의 실수, 소홀함, 마음의 변화에 있다며 상대방 탓으로 돌리는 단계가 온다. 이 단계에서는 일종의 분노와 격한 감정이 일기 마련이다.

한동안 분노와 원망이 뒤섞여 주체할 수 없는 감정으로 힘겨워하는 단계가 지나고 나면 그제야 스멀스멀 상대방이 잘해주던 기억이 떠오르기 시작한다. 내가 얼마나 상대방에게 잘못했는지, 그에게 난 어떤 사람이었는지, 우리의 모습은 어땠는지… 행복하긴 했는지, 때론 너무 힘겹진 않았는지, 그 모든 걸 내가 알고는 있었는지… 그런 객관적인 생각이 떠오르기 시작하는 것이다. 이 단계는 참을 수 없을 정도로 힘들다. 나의 실체가 낱낱이 보이기 시작하면서 미안함과 아쉬움, 미련, 되돌리고 싶은 감정 등으로 괴로워지기 때문이다.

물론, 관계를 완전히 정리한 사람과 아닌 사람의 감정은 하늘과 땅 차이일 수 있다. 이미 마음에서 상대를 떠나보낸 이별을 맞은 사람은 상대에 대한 감정도 비교적 덤덤하고, 이별 자체도 견딜 만할 것이다. 그러나 여전히 감정의 끈을 놓치지 못하는 사람은 상대가 떠난 빈 공간이 점점 커지는 걸 느끼게 된다. 그리고 그 공간은 무엇으로도 채울 수 없는 공허함만이 남아 다양한 감정의 소용돌이를 만들어낸다.

우리는 왜 헤어지고 나서야 '그에게 난 어떤 사람일까?' '그가 나를 어떻게 생각할까?'를 되돌아보게 되는 걸까. 나뿐 아니라 많은 사람이 상대방과 관계를 이어가는 중에 '그 사람이 나를 어떻게 생각할까'보다 '그를 생각하는 나의 마음은 어떤지'에 치우친다. 그래서 상대방에 맞춰 배려하기가 힘들다. 나는 좋다고 한 행동이 상대에겐 아닐 수도 있고, 충분히 이해할 만한 상황이라 생각하는데도 상대는 치를 떨 수 있으니.

나는 정말 그에게 좋은 사람이었을까. 문득 그런 생각이 든다. 때로는 좋은 기억을 주고 싶었고 최선을 다했지만, 많은 순간 그를 힘들게 했을 것이다. 이제 돌이킬 수 있는 기회가 사라져버렸으니… 그저 너무 아프거나 좋지 않은 모습이 아니었길 바랄 뿐이다.

이별을 잘 해야 하는 이유는, 지난 인연에 연연하고자 함이 아니다. 과거의 나를 반성하고 새로운 연인에게는 더 이상 과거와 똑같은 상처를 주지 않기 위해서다. 같은 실수를 반복해서 비슷한 이별을 맞이하고 싶지는 않아서다.

사실 이별 후에는 후련함보다는 파도처럼 밀려오는 후회가 더 많은 법이다. 많은 기억 중에서도 파도가 바위를 때리는 것처럼 특히 아픈 추억들이 많다. 아픈 기억은 켜켜이 쌓여 바위처럼 단단해지지만 행복이란 감정은 순간 스쳐 지나는 꽃향기 같아서 잘 모아지지가 않는다. 어디다 담아둘 수도 없다. 기억이, 마음이 잘 간직하고 소중히 다뤄야 그 추억이 오래간다. 좋은 추억, 나쁜 추억 모두가 공존하겠지만 함께 있을 때 가장 행복했던 그 순간이 있었다면 그 모습을 오래 기억해줬으면 좋겠다. 나 역시 그럴 것이다.

그것이 이별을 지나는 나의 모습이다.

사랑은 멈추지 않는다.
그래서 이별도 멈추지 않는다.

라이언록,
너는 나의 YOU

"You complete me. I'm not what I am without you."

(당신이 나를 완벽하게 만들어주었어요.)

〈제리맥과이어〉. 이 영화가 개봉한 지 벌써 20년이 넘었다. 그러나 여전히 내 인생 영화다. 그리고 나는 이 대사를 오래도록 좋아했다. 지금도 마찬가지다.

오래전 사랑하는 사람이 있었다. 이 대사 속 'You'는 그 사람이었다. 이제는 'You'는 더 이상 그 사람이 아니다. 대신 그 자리엔 다른 이름이 있다.

'라이언록'….

이름만 떠올려도 가슴이 뭉클해진다.

커다란 눈망울, 도톰하고 동그란 코와 입술, 적당한 양의 숱에 사선으로 빗은 갈색의 앞머리. 그의 모습은 마치 만화 속 테리우스를 연상시키는 멋진 왕자님의 얼굴을 닮아 있다. 빛에 따라 조금은 붉은 빛깔이 감도는 밤색의 마체. 커다란 체구와 넓고 단단한 어깨, 튼튼한 네 다리를 가진 라이언록은 나의 반려마이다. 라이언록을 생각하는 이 순간조차 바로 미소가 지어지며, 당장이라도 그를 보고 싶다. 언제라도 그 넓은 등에 나를 태우고 지구 끝까지라도 달릴 준비가 되어 있다는 듯 나를 바라보는 그 눈빛은 여전히 나를 설레게 한다.

라이언록은 2014년 4월 15일 제주도 이시돌 목장에서 태어났다. 부마는 엑톤파크, 모마는 어리틀포크이다. 경주마를 좀 안다는 사람들은 다른 말은 몰라도 어리틀포크라는 어미마의 이름은 한 번쯤 들어봤을 것이다. 라이언록은 대한민국 최고의 금수저 중의 금수저이다. 모마가 같은 형제, 즉 대부분의 남매마가 우수한 경주마로 활동했으며 특히 부마, 모마가 똑같은 바로 윗 형이 그 유명한 '트리플나인'이다. '트리플나인은' 최고의 경주라 할 수 있는 대통령배 대상경주를 4연패한 전무후무한 기록을 가진 대한민국 최고의 경주마였다. 라이언록은 트리플나인보다 두 살 어린 동생이다.

라이언록이 태어났을 때 그의 형인 트리플나인은 이미 어마

어마한 능력을 발휘하며 우수한 경주마로서 활약하고 있었다. 트리플나인이 경주마로서 대단한 능력을 보여 줄 때마다 라이언록의 마주는 라이언록에 대해 점점 더 큰 기대를 갖게 되었다. 트리플나인은 당시 대한민국 최고의 조교사에게 관리되고 있었고, 그의 동생 라이언록은 당시 조교사 경력 6년차인 내가 맡게 되었다. 라이언록이 내게 맡겨진다는 소식에 많은 경마관계자뿐 아니라 경마팬들까지 놀랐던 것으로 기억한다. 라이언록은 당연히 트리플나인이 있는 곳에 맡겨지리라 생각했을 테니까. 모든 이의 예상을 깨고 라이언록은 2016년 9월 2일 가을 어느 날, 서울경마장 14조 이신우 마방으로 오게 되었고 그렇게 라이언록과 나의 운명은 시작되었다.

라이언록의 첫 기승은 내가 직접 했다. 경주로에 라이언록과 내가 등장하면 사람들의 시선이 모두 우리에게 쏠렸다. 당시 나는 라이언록이라는 기대치가 큰 말을 관리하고 탄다는 것에 대한 약간의 우쭐함을 가지고 있었다. 동시에 마음 한편에는 뭔지 모를 부담감이 자리하고 있었다. 그래서 첫 데뷔 전까지 매일매일 훈련을 하면서 정말 심혈을 기울여 정성을 쏟았다.

데뷔전을 치르기 전 즈음에는 압박감과 강박으로 주행심사를 한 번 더 치르는 유난을 떨기도 했다(경주마는 데뷔 전 한 번의 주행심사를 거쳐야 한다). 첫 데뷔전을 치르는 날, 마주가 직접 관전을 위해 새벽같이 경마장에 왔다. 그리고 아직도 생생하게 기억한다. 라이언록의 첫 경주를 치르던 그날, 그 순간이.

출발 신호음과 동시에 나도 모르게 눈을 질끈 감았고 몇 초가 흘렀을까…. 심장이 머리에서 심하게 뛰는 것에 나도 놀라 눈을 떴다. 결승선을 향해 달려오는 라이언록을 보고 함성조차 지르지 못한 순간, 라이언록은 제일 먼저 결승선을 통과했다. 1등이었다! 라이언록이 데뷔전을 우승으로 장식한 것이다. 이미 내 눈에는 소리 없이 폭포수 같은 눈물이 쏟아지고 있었다. 지금도 그때, 그 순간을 떠올리면 가슴 벅찬 눈물이 흐른다.

데뷔전 포함 라이언록은 3연승을 했다, 다행히도. 그리고 라이언록의 3연승 이후 이제 우리 앞에는 하나의 숙제가 놓여 있었다. 형의 명성을 뛰어넘어야 한다는 것. 그러나 이후 경주들에서는 연거푸 졸전을 치렀다. 그때부터 라이언록과 나는 주위 사람들의 실망과 걱정, 다른 이들의 야유를 참아야 했고 우리 둘 다 침묵 속에서 서로를 위로하며 그 시간을 견뎌내야 했다. 시간이 흐르면서 라이언록과 나에 대한 사람들의 관심은 처음 같지 않게 점점 줄어들었고, 나와 라이언록에게도 편안한 순간이 찾아왔다. 더는 사람들의 시선과 야유 때문에 힘들지 않았다. 시간은 많은 걸 해결해주었다.

사람들의 관심은 거의 줄어들고, 5세가 된 라이언록이 1군까지 갔는데도 누구 하나 우수한 말이라고 인정하는 이는 없었다. 나 이외에는. 트리플나인 동생 라이언록은 탁월한 경주마는 아니었다. 그러나 나에게만은 어느 말보다 특별했다.

2020년 초, 코로나로 인해 경마 역사 100년 동안 유례없는 경마 중단 사태가 터졌다. 경주를 뛰지 못하는 환경 속에서 많은 경주마들은 위기를 맞았다. 성적이 괜찮은 암말들은 종빈마(씨를 받기 위하여 기르는 암말)로 용도 전환되었고 대부분 말들은 승용마로 팔려 나갔다. 그보다 못한 상황에 처한 대부분의 경주마들은 사실 어디로 어떻게 갔는지 알 수 없다.

무엇보다 경주를 뛰지 못하는 나이 든 경주마는 고민거리일 수밖에 없다. 다행히 마주는 6세가 된 라이언록의 은퇴 후에 대한 결정권을 나에게 주었고, 나는 라이언록을 어디로 보낼지 고민하기 시작했다. 고민의 핵심은 라이언록과 내가 평생을 함께할 수 있는 어디, 어떤 곳으로 가느냐였다. 그러는 동안 나는 제주한라대학교 겸임 교수로 임용이 되었다. 제주한라대학교는 비교적 시설이 우수한 말 목장과 마사를 보유한 학교이다. 나도 모르게 "여기다~!"라고 외쳤다. 맞다. 라이언록이 올 곳은 여기 제주한라대학교였다. 나와 평생을 함께할 수 있는 곳.

수십 년 경주마를 타고, 경주마를 관리해오면서 수많은 경주마들이 부상을 당해 경주로를 떠나거나 사고로 죽는 모습을 지켜봤다. 고작해야 5세가 채 되지 않은 말들이었다. 조교사라는 직업을 가지고 살아오면서 특히 힘들 때는, 직업 이전에 한 인간으로서 말들을 경제적인 도구로만 판단해야 하는 현실을 직면할 때였다. 그럴 때는 내 안의 윤리의식과 충돌을 겪고 힘들어했다. 하지만 그저 외면해야만 했다. 내 영역 밖의 일이라 여기며 상황을 합리화시키고 그 순간을 묻어버리곤 했다.

그러나 조교사에게 말이란 단순히 경제 활동의 의미만을 가진 대상이 아니다. 내가 직접 말 등에 타고 고삐라는 연결을 통해 함께 교감하고, 온몸으로 서로의 체온을 느끼는 존재. 이러한 말은 경제 활동의 도구이기도 하지만 어쩌면 반려동물로서의 의미가 더 클 수도 있다. 특히 라이언록은 내게 결코 더는 외면할 수 없는, 특별한 존재가 되었다.

영화 파이터클럽에 이런 대사가 나온다. "You are not your job(너의 직업이 너인 것은 아니야)." 라이언록과 나에게 해주고 싶은 말이다. "라이언록, 네가 경주마가 아니라도, 또한 나 역시 조교사가 아니어도 우리는 함께할 거야."

최근 슬럼프를 겪으면서 나는 라이언록으로부터 많은 위로를 받는다. 힘든 순간에 늘 나와 함께 아픔을 나누던 나의 동반자. 언젠가 끝이 보이지 않는 해변가를 그와 함께 달리고 싶다. 경주로가 아닌 그곳에서 아무런 경쟁 상대 없이 그저 마음껏 달리는 것…. 라이언록과 내가 꼭 하고 싶은 우리의 작은 소망이자 미래다. 라이언록 또한 나와 같은 마음이리라.

다시 한 번 말해주고 싶다. 라이언록에게.

"You complete me. I'm not what I am without you."

네(You)가 라이언록, 너야.

세상에서 가장
슬픈 이별

살면서 겪게 되는 가장 슬픈 기억은 대부분 이별과 관련한다. 사랑하는 누군가의 죽음, 뜻하지 않은 이별, 아니, 예고된 이별까지도.

2008년 5월. 여의도 공원에서 태어난 지 2개월 된 루니를 만났다. 그날 루니는 형제들 틈에 끼어 있었는데, 눈빛이 유독 강렬해 단번에 끌렸다. 동그랗고 까만 눈동자에 온몸의 털은 청록빛이 돌 정도로 새카만 아이였다. 그녀는 14년이라는 시간 동안 나와 가족이 되어 어디를 가든 함께했다.

루니는 아기 때부터 차를 자주 타고 다녔다. 그래서 그런지 어쩌다가 차를 타게 되는 강아지들이 하는 멀미를 루니는 해본 적이 없다. 차를 타고서도 운전에 방해가 되게 짖거나 요란스럽게 움직이지도 않았다. 보조석이든 뒷좌석이든 목적지까지 조용히 창밖을 구경하며 마치 말 잘 듣는 어린이처럼 그렇게 어디든 얌전히 우리를 따라다니던 기억이 생생하다. 국내 휴가를 갈 때도 루니는 한 번도 동행하지 않은 적이 없었다. 루니가 제주도 여행을 갔을 즈음에는 해변에 강아지 금지라는 규제가 없었다. 지금은 반려견과 함께할 수 있는 해수욕장이 굉장히 제한적인 것으로 알고 있는데 그때만 해도 그렇지 않았다.

루니와 함께 뛰어놀던 제주도 한림 해수욕장. 그때의 영상과 사진을 보면 지금도 그리움에 소리 없이 눈물이 흐른다. 루니가 태어났을 시기만 해도 스마트폰이라는 것이 없어서 지금처럼 좋은 화질의 사진을 남기기가 쉽지 않았다. 아쉽게도 아기 때 사진은 많이 남겨놓지 못했지만, 수년이 흘러보니 다행이란 생각이 든다. 한참 루니가 활발하게 뛰어놀던 시기의 장면들이라도 카메라에 남겨놓을 수 있어서.

루니의 병은 우리에겐 갑작스러웠다. 아픈 줄도 모르고 있다가 뒤늦게야 병세를 발견한 것이다. 루니가 열네 살이던 해 갑작스럽게 쓰러져서 병원에 데리고 갔는데 이미 암세포가 장기 내 이곳저곳에 번져 있다고 했다. 그리고 3개월 정도 살 수 있다는 청천벽력 같은 소리를 듣게 되었다. 나는 이 사실이 믿기지 않았고, 무엇보다 말 못 하고 고통을 견뎌냈을 루니에게 미안해서 눈물조차 흘릴 수 없었다. 그리고 4개월, 루니는 우리 가족 품에서 떠났다.

반려동물을 키우는 사람들이라면 누구나 공감할 것이다. 가족을 먼저 떠나보낸다는 것. 그 상실의 아픔은 아무리 시간이 지나도 괜찮아지지 않는다. 그 빈자리가 익숙해져 갈 뿐이지. 여전히 하루라도 루니 생각을 하지 않는 날이 없다. 아마도 영원히 잊지 못할 것 같다.

존재와 존재 사이의 이별은 말로 표현할 수 없는 슬픔을 동반한다. 혹자는 그리움이 싫어 인연을 만들지 않는다고 했다. 가끔은 나도 그게 나을지도 모른다는 생각을 하곤 한다. 그러나 죽음을 향해 가는 우리에게 점점 더 필요해지는 건 사랑하는 이들과의 기억이다. 더 많은 소유물도, 더 넓은 집도, 더 많은 인기나 명예도 아니다. '남는 건 사진뿐.'이라는 소리도 사진 자체의 중요성보다는 기억에 대한 의미를 빗대어 한 말일 것이다. 물론 인간은 혼자이지만, 그러나 우리는 결코 혼자일 수 없다.

그래서 바로 지금 내 곁에 있는 누군가.
그가 바로 나의 삶인 것이다.

오해, 그리고
냉정과 열정 사이

"끝까지 냉정했던 너에게 난 뭐라 말해야 할까? 어떻게 해야 가슴속의 빈 공간을 채울 수 있을까? 난 과거를 되새기지도 말고 미래에 기대하지도 말고 지금을 살아가야만 해. 아오이. 니 고독한 눈동자 속에서 다시 한번 더 나를 찾을 수 있다면 그때. 나는. 너를."

요즘 가장 가슴에 깊이 남게 된 이야기가 있다. 바로 〈냉정과 열정 사이〉이다.

배경은 이탈리아. 과거 서로 뜨겁게 사랑했던 준세이와 아오이는 오해로 인해 헤어지게 된다. 그리고 10년이라는 세월이 흐른다. 그동안 남자 주인공인 준세이는 피렌체에서, 여자 주인공인 아오이는 밀라노에서 지내게 된다. 준세이는 미술품 복원사로, 아오이는 보석가게 점원으로 각각 일하며. 겉으론 냉정하지 만 마음속으로 사랑을 간직하는 아오이, 여전히 아오이를 잊지 못하고 열정적으로 사랑을 지켜가는 준세이. 둘은 헤어지기 전, 10년 후 아오이의 생일에 피렌체에 있는 두오모 성당에서 만나자는 서로의 약속을 잊지 않고 살아간다. 10년 후 아오이의 생일에 두오모 성당 꼭대기에서 둘은 재회한다. 서로 간의 오해로 이별을 하게 되지만 결국은 재회하게 되는 이야기다. 영화가 끝난 후까지 긴 여운이 남았다.

사람과 사람 사이에는 많은 오해가 있다. 그 오해는 생각의 차이, 행동에 대한 의미의 차이, 말에 대한 해석의 차이, 타이밍의 엇갈림 등 수많은 이유로 생겨난다. 중요한 건 '그것을 어떻게 풀고 넘어갈 것인가'이다. 상대방이 대화를 차단, 또는 거부할 경우 오해는 더 깊어진다. 상대방의 입장을 알 수 없으니 온갖 상상만 하다가 내 입장에서 이유를 찾고 결론지은 채 나 편한 대로 생각하고 넘어간다. 나는 이런 식으로 해결을 해버리지만 상대의 입장은 알 수 없다. 오해가 가장 안타까운 건 소중한 관계를 끊게 할 수도 있다는 것이다. 〈냉정과 열정 사이〉의 주인공들처럼 말이다. 그토록 사랑했던 관계가 단지 오해 때문에 깨어졌다는 사실이 얼마나 안타까운가. 영화에서는 오해가 풀리고 재회를 하게 되지만 현실은 쉽지 않다. 영영 관계를 돌이킬 수 없는 것이 많은 경우의 현실이다.

수십 년 영혼까지 공유했다 느낄 만큼 가까웠던 사람을 보냈다. 여러 이유가 있었겠지만 적어도 잘못된 오해만은 풀고 싶어 열정적으로 대화를 시도하기도 했다. 하지만 지금은 내려놓았다. 내 방식 자체가 상대방에게 오해로 남을 수도 있단 생각에. 상대방의 마음을 알지 못한 채 일방적으로 오해를 풀려고 애쓸 때는 오히려 해결이 나지 않는다. 더 큰 오해가 빚어질 뿐이다. 물론, 해결해야 할 오해도 있다. 아무런 설명도 없이 남겨진 이별로 인해 꽤 긴 시간 나는 수없이 많은 추측 속에서 방황했으니까. 하지만 '오해'로 인한 마음의 짐을 남기는 대신 '무슨 이유가 있겠지.' 하고 그냥 이해해버리기로 했다.

더는 지난 오해에 대해 집착하지 않으려 한다. 다만 오해에 대한 책임의 무게가 어떤 것인지 알기에 더 이상의 오해를 만들지 않는 쪽으로 삶의 방향을 잡으려 한다. 그 오해는 누군가를 아프게 할 수도 있다는 걸 아니까. 혹여 지금 이 순간에도 나에 대한 오해로 아파하고 있다면, 내가 더 나은 사람이 됨으로써 풀어나가는 게 맞을 것이다. 그가 알아주든 알아주지 않든, 내가 나 스스로에게 떳떳해질 때까지.

너를 잃고
나를 얻다

말수가 적은 사람이었습니다.
타인에게 상처 주는 말을 하는 것을 본 적이 없습니다.
늘 저를 먼저 배려하고 아껴주었습니다. 희생이라는 표현이 더 적절하겠네요.
마음의 결이 고운 사람이었습니다.
자로 잰 듯 반듯한 콘크리트 빌딩보다는 고즈넉한, 선이 고운 한옥을 좋아했습니다. 한옥에서 살았던 유년 시절의 기억이 좋았다고 했습니다. 세련되고 화려한 강남의 거리를 걷는 것보다는 한국의 멋이 스며 있는 삼청동이나 인사동 길을 좋아했습니다.
루꼴라나 바질이 들어간 샐러드를 좋아하고 으깬 아보카도와 신선한 토마토, 양파와 라임즙이 조화롭게 잘 버무려진 과콰몰리를 좋아했습니다. 술은 와인, 소주, 맥주, 전통주 가리지 않고 술마다 가진 고유의 맛과 향을 즐길 줄 아는 애주가이기도 합니다.
만년필로 정갈하게 써 보낸 손편지는 어떤 베스트셀러 연애소설도 그 재미와 감동을 넘어서지는 못했습니다. 몇 번이고 다시 꺼내 봐도 설렙니다.
수려한 사람이었습니다.
지금의 이 먹먹함과 슬픔은 어쩌지 못하겠지만 시간이라는 망각의 약물을 믿어보기로 했습니다.

인연이라면 다시 만나지겠지요.

헤어짐에는 예고가 없다

"이 사랑의 꽃봉오리는 여름날 바람에 마냥 부풀었다가, 다음 만날 때엔 예쁘게 꽃필 거예요."

극작가 셰익스피어가 한 말이다. 이별이 잦은 내 삶에 이별 때마다 다음 꽃을 기대하며 이 말을 되새기지만 여전히 이별은 쉽지 않다.

또 경주마 한 마리가 죽었다. 예고 없는 죽음이었다.

많은 경주마가 경주 중 또는 훈련 중 즉사한다. 혹은 심각한 부상으로 인해 어쩔 수 없이 안락사를 당하기도 한다. 자주 있는 일이지만, 이번 이별의 경우는 조금 더 충격적이었다.

새벽 훈련을 잘 마치고 아침, 점심까지 잘 먹고 잘 지내는 모습을 확인하고 돌아왔다. 오후에 약속이 있어 회사 밖을 나왔는데 잠깐 사이 팀장으로부터 몇 통의 전화가 와 있었다. 그 시간에 몇 통의 전화라. 좋은 소식일 리 없었다. 불안한 예감이 몰려왔다. 벌써 제멋대로 뛰는 심장을 애써 추스르며 전화를 걸었다.

"무슨 일이야?"

"영영삭스가 쓰러졌어요."

"왜! 조금 전까지 잘 놀고 있는 거 보고 나왔는데, 그 말이 왜 쓰러져!"

"일요일에 편자를 갈아끼기로 했는데 장제사가 오늘밖에 시간이 안 된다고 해서 조금 전에 편자를 갈아 끼우는데, 말이 너무 흥분해서 그만…."

나는 말 없이 다음 말을 기다렸다.

"뒤로 넘어지면서 목뼈가 부러진 것 같아요."

"하아…."

순간 아찔하고 앞이 캄캄해졌다. 숨조차 쉬어지지 않았다. 빨리 조치해서 말에게 고통을 줄여주는 것이 최선이다. 그 조치라 함은 안락사를 의미한다. 수의사에게 즉각 조치해 달라고 부탁했다. 그리고 바로 마주에게 연락을 드렸다. 경미한 부상 하나 때문에라도 마주에게 소식을 전하는 일은 늘 힘겹다. 하물며 이런 큰일은 어떨까. 호흡을 가다듬을 정신조차 없이 전화를 붙들고 상황보고를 한다. 이렇게 큰일일 땐 나도 마주도 그저 차분히 상황에 대해서만 주고받은 후 전화를 끊는다. 선택지는 하나밖에 없으니 서로 주고받을 말도 없다.

우리에게는 예고 없는 이별을 가져다주는 수많은 관계들이 있다. 자살률이 점점 높아지는 현대사회에서 사람과 사람 사이의 예고 없는 이별은 더 흔한 일이 되어버렸다. 반려동물을 많이 키우기에 사람과 동물의 예고 없는 이별 또한 많다. 나처럼 이러한 직업을 가진 사람에게도 수없이 찾아오는 것이 바로 예고 없는 이별이다. 그리고 언제나 그 이별은 매우 어렵다.

준비 없는 이별을 맞닥뜨렸을 때 그 충격은 어떤 식으로도 표현할 방법이 없다. 아무리 말 못 하는 동물이지만 수년간 눈을 마주치고 함께 체온을 공유한 친구들이 아닌가. 특히 경주마들은 경주로에서 힘들고 고된 훈련을 해내며 인간을 위해 최선을 다해 달린다. 이번에 떠나보내게 된 경주마는 나와 함께 여러 해 동안 경주로를 달리며 꿈을 키워왔던 친구이기도 했다. 그런데 이런 느닷없는 이별이라니. 준비된 이별이라 해도 익숙하지 않을 이별의 소식을 갑작스럽게 듣고 나니 그 슬픔을 어찌 형용할 방법이 없었다.

조교사라는 직업. 경주마를 관리하고 훈련시키고 그 경주마를 경주에 출전시키는 직업. 스포츠로 치면 팀의 감독 격이라고 할 수 있는 조교사라는 직업은 동물을 매개로 스포츠팀을 구성하고 그 결과에 따라 평가받는 직업이다. 인간이 아닌 동물과 함께 하는 직업이라 많은 어려움이 있는 건 당연하다. 하지만 인간과는 다른, 말 못 할 동물과의 고차원적인 교감을 통해 얻는 성취감 또한 남다른 매력이 있는 직업이기도 하다. 27년이 넘는 기간 동안 많은 경주마와 만나고 이별했다. 만남은 언제나 설레고 반가운 일이다. 하지만 그게 언제이든 만남의 끝에는 이별이 기다리고 있다.

나는 이 직업이 천직이라 생각하고 무척 사랑한다. 그러나 준비된 이별이든 갑작스런 이별이든 이별을 겪을 때면 회의감이 드는 것 또한 사실이다. 아무리 훈련이 되어도 절대 익숙해지지 않는, '이별'이란 인간이 겪어야 할 가장 큰 슬픔인가 보다.

피할 수 없는 이별에 대한 슬픔을 대하는 자세라는 게 있을까. 아무리 많은 이별을 겪어도 절대 익숙해지지 않는 것을 보면, 그런 방법이란 없는 것 같다. 그저 나와 함께 이 세상에 잠깐 와서 희로애락을 함께했던 존재들을 가슴 안에 소중하게 간직하는 것밖에는. 이미 이별이 찾아온 후에 어떤 대처를 하기보다는 함께 있는 그 순간순간을 뜨겁게 사랑하는 것밖에는.

다가올
부모님과의 이별

죽음에는 세 가지가 있다고 한다. '나의 죽음'인 1인칭의 죽음. 그리고 '너의 죽음'인 2인칭의 죽음. 마지막으로 3인칭의 죽음인 '그들의 죽음'.

사람은 나의 죽음이나 그들의 죽음보다 너의 죽음을 가장 슬퍼한다고 한다. 어차피 나의 죽음은 내가 슬퍼하거나 나 자신을 그리워할 일이 없을 테니. '그들'의 죽음은 먼 지인이나 지인의 가족 혹은 유명인의 죽음을 의미하는데 이는 '너의 죽음'만큼 슬프거나 고통스럽지는 않을 것이다. '너의 죽음'은 나도 그들도 아닌 내가 가장 아끼고 사랑하는 대상의 죽음을 의미하기 때문이다. 지금 이 순간 내가 가장 사랑하는 너는 나의 부모님이다.

어린 시절 부모님이 돌아가신다는 것은 상상조차 할 수 없는 막연히 먼 남의 이야기 같았다. 나이가 조금씩 들어가고 지인의 부모님 부고 소식을 자주 듣게 되면서 자연스럽게 나 역시 부모님과의 이별을 한 번쯤 생각하게 된다. '엄마….' 떠올리기만 해도 저릿한 그 이름. 언젠가는 그 이름조차 부를 수 없는 날이 현실로 오겠지. 머릿속으로는 다 알지만 정작 그 순간이 온다면 그 슬픔을 감당할 수 있을까.

나이가 마흔이 넘어서도 나와 부모님의 사이는 썩 좋은 편이 아니었다. 자식들과 사이가 좋지 못한 아빠가 싫었고, 마음과 다른 행동들이 어린 마음으로 이해하기엔 벅차기만 했다. 중학교 땐 부모님의 잘못된 투자로 가세가 기울어졌고, 아버지와의 사이는 더 나빠졌다. 어머니는 그런 아버지로부터 자식들을 지키기 위해 더 많은 사랑을 쏟았다.

시간이 흘러도 형편은 좋아지지 않았고, 큰오빠는 일을 구하지 못해 힘들어했고 둘째 오빠는 아파서 엄마가 돌봐야 했다. 설상가상으로 엄마는 림프암 말기 판정을 받고 내가 있는 곳으로 올라오셨다. 내 나이 스물여덟이 되던 해. 엄마는 고작 50대 중반의 나이였다. 당시 처음으로 엄마의 죽음을 상상하며 큰 충격에 빠졌던 기억이 있다. 엄마를 세상에서 다시 못 본다는 그 공포는 살면서 느낀 가장 큰 두려움이었다. 그 당시에는 어떻게든 엄마를 살려야겠다는 생각밖에 없었다. 나에게는 아직 엄마의 존재와 엄마라는 세상이 너무 컸다.

다행히 엄마도 살고자 하는 의지가 강했다. 항암치료를 잘 견뎌내셨고 기적적으로 암 완치 판정을 받았다. 그리고 곧바로 나머지 식구들이 있는 고향 집으로 내려가셨다. 이후에도 나는 꽤 긴 시간 집을 책임져야 한다는 무거운 짐에 허덕였지만, 큰오빠가 일을 하게 되면서 형편은 조금씩 나아지기 시작했다. 그러는 사이 아빠는 팔순 할아버지가 되었고, 엄마도 할머니가 다 되어 가고 있었다.

엄마는 내가 아버지를 가장 많이 닮았다고 했다. 난 그 소리가 늘 듣기 싫었다. 내가 가장 싫어하는 사람을 내가 닮았다니. 거울을 들여다보고 또 지난 내 모습을 되돌아보니 그 말이 틀린 것도 아니었다. 내 모습 속에 아버지가 보였다. 난 그런 나 자신을 오래도록 싫어했던 것 같다. 그렇게 용기내어 나 자신과 마주하면서부터… 처음으로 아버지가 내 맘속에 다르게 자리잡히기 시작했다. 깊게 팬 얼굴의 주름과 굽은 어깨와 등. 노인이 된 아버지가 더 이상 밉지 않았다. 언젠가 아버지로부터 꼭 사과를 받아야겠다는 생각을 내려놓고, 손을 내밀었다. 우린 서로 화해를 해야 하는 사이니까. 그 화해는 아빠와의 화해이기도 하지만 나 자신과의 화해이기도 할 터였다.

그리고 엄마. 몇 달에 한 번, 어쩌다 꼭 필요한 용건이 있을 때만 통화를 하던 엄마는 웬만해선 먼저 전화를 거는 법이 없었다. 그런 엄마가 문자를 보내기 시작했다. 하나 있는 딸이 마음의 병을 앓고 있다는 사형선고와도 같은 소식을 들은 후부터.

난 괜히 어색해 문자를 보고도 모른 척했지만, 한 주도 빠지지 않고 정성스럽게 먹을거리를 손수 만들어 보내는 엄마에게 전화를 걸기 시작했다. 그렇게 시작된 우리 전화는 이제 매일의 일과로 바뀌었다. 나는 성인이 되어서야 엄마에게 '사랑한다'는 말을 들었다. 전화를 끊기 전 엄마는 늘 "사랑한다, 우리 딸. 엄마는 항상 우리 딸 사랑해."라고 이야기하신다. 그러나 아직 난 용기를 내지 못했다.

엄마가 보내주신 음식을 먹으며 요즘은 유독 그런 생각을 많이 한다. '이 반찬을 언제까지 먹을 수 있을까….' 그러면서 부모님과 화해하기가 뭐 그리 어려운 일이라고 여태 미뤘을까 싶은 것이다. 이제 함께할 날도 그리 많이 남지 않았는데. 짧지만 이런 순간을 맞이하지 못하고 이별이 왔다면, 아마도 깊은 그리움과 죄책감으로 평생 후회만 하고 살았을지 모른다.

'죽음'. 이별 중에서도 죽음이 가장 슬픈 것은 두 번 다시는 만나지 못하기 때문이다. 그리고 죽음은 서로가 원하거나 합의에 의한 이별이 아니기에 상대의 부재와 헤어지고 싶지 않은 집착이 더 큰 고통과 슬픔을 만들어낸다. 상대방을 사랑한 만큼, 그 고통의 정도는 더 심할 것이다. 어쩌면 우리는 '죽음'이라는 걸 통해 그 대상과 내가 살아가는 삶의 의미를 확인하는 걸지도 모른다. 부모님이 죽으면, 그렇게 우리가 이별하게 된다면 어떻게 될까. 난 그 생각을 통해 비로소 부모님과 내가 공유한 삶의 의미를 확인하게 되었으니까.

시간이 얼마 남지 않았음을 안다. 하지만 지금 이 순간에 감사한다. 함께 호흡하며 살 수 있는 오늘을. 이별의 마지막 순간. 진실로 당신들을 사랑했고, 충분히 후회 없는 아름다운 삶이었다고, 인사하고 헤어질 수 있기를 바라본다.

글쓰기는 나의
비상약입니다

오늘 경주 성적은 '오늘도 나빴다.'이다. 나쁘다는 기준은 기대했던 성적 이하의 결과를 의미한다. 그렇게 이번 주 경주를 마무리하고 간단한 짐을 챙겨서 공항으로 가는 택시를 탔다. 3년 전 공황으로 쓰러진 이후부터는 운전을 잘 하지 않게 되었다. 택시를 타고 공항으로 가는 도중에 불길한 전화가 왔다. 수의사에게 걸려온 전화인데 심장이 덜컹 내려앉았다. 나에게 수의사나 마방 직원에게서 걸려오는 전화는 열에 아홉은 안 좋은 소식이다. 마침 오늘 진료 예약을 해놓은 말 한 마리가 있었는데 진단 결과를 알려주기 위해 전화를 했던 것이다. 전화를 끊고 옅은 숨만 조심스럽게 내뱉으면서 잠시 눈을 감고 짓누르는 가슴을 진정시켜 보려 애썼다.

조교사는 '경주마'라는 자산을 맡긴 투자자에게 수익을 내줘야 하는 직업이다. 500kg에 육박하는 대동물을 관리한다는 것은 마치 500kg의 덩치 큰 어린 아기를 돌보는 것과 같다. 돌발적인 행동으로 사고 발생 위험 또한 높다. 무엇보다 말을 할 수 없는 동물이다 보니 어디가 아픈지, 상태가 어떤지는 엄마가 어린 아기에게 온 신경세포가 향해 있듯 나는 말에게 향해 있어야 한다. 특히나 말에게 부상이나 질병이 생겼을 때 그 말의 계획이 재수정되어야 하고 그 상황을 투자자인 마주에게 보고해야 하는 일련의 과정들은 늘 녹록지 않다. 10년을 넘게 해오고 있고 앞으로 20년을 더 해나가야 할 일이지만 여전히 적응과 익숙함보다는 늘 처음 해보는 일을 앞둔 사람처럼 불안하다. 그만큼 이 일에 진심이라는 뜻이기도 하겠지만, 이 불안감에는 영원히 적응되지 않을 것 같다. 급하게 비상약을 먹어도 증상은 쉽게 가라앉지 않는다. 3년째 겪는 증상이지만 느닷없이 들이닥치는 불안과 공황은 매번 낯설고 공포스럽다.

언젠가부터 노트와 만년필을 스마트폰과 함께 항상 들고 다니게 되었다. 하루 한 편 글을 쓰기 위해서이기도 하지만 내 머리와 마음속에 떠다니는 수많은 감정을 놓치지 않고 쓰고 정리하기 위함도 있다. 내 마음을 향해 날아오는 화살 같은 걱정과 총알 같은 불안을 방어할 수 있는 유일한 무기가 내게는 노트와 펜이다.

일과를 정리하고 나면 너덜너덜 지쳐 있는 몸을 의자에 던져 놓는다. 그리고 하루종일 끄적였던 감정의 노트를 꺼내서 나를 일으켜 세울 준비를 한다. 무엇을 하고자 하는 어떤 의지도 10프로를 넘지 않지만 1프로의 의지라도 남아 있으면 그 힘을 글쓰기에 전부 쏟는다. 내가 나를 바라봐 주고 위로해주고 용기를 주는 의식이랄까. 캄캄한 바다를 표류하는 나에게 글쓰기는 저 멀리서 나를 비추는 등대와 같다.

느닷없이 나를 덮쳐버리는 불행에 대한 방어기제나 비법 같은 건 없다. 그저 그 불행과 맞서 싸우기 위해 펜을 칼 삼아 휘두를 뿐이다. 그래서 지금도 글을 쓰고 있다. 이 글을 쓰며 나의 불안감과 마주하면서 다시 시작할 수 있는 내일에 한 번 더 희망을 걸어보기로 한다. 이것이 나의 비상약이자 처방전이 되길 기대해보면서.

행복하자던
나의 아저씨

먹먹하다…. 가슴이 미어진다…. 숨이 멎을 듯 아리다…. 그 이상의 표현은 없을까. 형용할 수 없는 이 감정을 어떻게 말로 표현할까. 답답하다. 잠시 숨을 참고 눈을 감았다. 호흡은 깊고 거칠다. 손끝의 감각은 예민하며 머릿속은 온갖 생각들이 어지러이 떠다닌다.

오전에 병원 예약이 있어서 삼성역까지 전철을 이용해서 병원으로 향했다. 서울 시내로 외출할 때는 웬만해선 직접 운전을 하지 않는다. 공황, 불안 장애를 앓고부터 긴 터널이나 막히는 도로를 운전할 때 위험했던 몇 번의 안 좋은 기억 때문이다. 또 대중교통을 이용해서 누릴 수 있는 장점이 내겐 너무 매력적이기도 하다. 요즘은 지하철에서 책을 읽는 시간이 내게 주는 새로운 즐거움에 푹 빠져 지낸다.

삼성역 거리는 여전히 크리스마스 여운이 남았다. 한껏 화려하게 꾸며 놓은 크리스마스 장식은 크리스마스가 이틀이 지난 지금도 사람들의 발길을 멈추게 하고 스마트폰 카메라 셔터를 누르게 하는 마법을 부린다. 사진 한 장을 남기고, 늘 가던 카페로 들어갔다. 따뜻한 아메리카노를 시켰다. 한동안 그 사람의 취향을 닮고 싶어 카푸치노를 먹었지만, 더는 마시지 않는다. 커피를 마시고 오랜만에 서점에 들렀다. 입구를 들어서자 심장이 자꾸 요동쳐서 다시 나왔다. 함께 걷던 길과 머물렀던 자리에 혼자 있다는 사실이 여전히 낯설고 익숙지 않았다. 공허한 마음이 우울로 채워질까 두려워 얼른 전철역으로 향했다.

매서운 추위가 아니었는데도 불구하고 3시간가량 인파 속에서 이리저리 시선을 빼앗기는 사소한 행위조차 내 삶에서는 피곤함이었는지. 집에 오자마자 중력을 거스르는 듯한 자세로 소파에 누워 스마트폰을 보며 잠시 쉬어보려 했는데… 두 눈을 의심할 만한 기사를 보고 순간 숨이 멎었다. 따뜻한 목소리가 멋있었고 화려하지는 않지만 선이 곱다고 생각한 얼굴을 가진 한 배우가 스스로 생을 마감했다는 것이다. 잠시 공황 증세가 왔다. 연예인에 별로 관심이 없는 나에게 유일한 사람이었는데. 나의 인생 드라마 중 한 편도 〈나의 아저씨〉인데….

당시 세상을 시끄럽게 했던 이슈가 있었지만, 어떤 사정인지 자세히는 알지 못했다. 죽음과 맞바꿀 만큼의 고통을 겪고 있었겠다는 추측만이 내가 할 수 있는 전부일 뿐.

이런 사건들이 뉴스에 나올 때면 어김없이 지난날 나의 지인들이 유사하게 삶을 마감했던 끔찍한 기억들이 떠오른다. 2005년에 후배 기수가, 2010년에는 또 다른 후배 기수가. 2017년에는 직장에서 나의 든든한 버팀목이 되어주었던 우리 마방 팀장이. 2019년에는 후배와 친구 한 명이 스스로 생을 마감했다. 오랜 시간 가깝게 지낸 지인들의 비보. 그것도 사고가 아닌 스스로 삶을 마감한 소식을 들었을 때. 그 먹먹함과 미어져 오는 온 세포의 아림은 고스란히 그때 그 고통의 시간으로 데려다 놓는다. 그리고 오늘의 시간은 멈추었다.

그런 생각을 해본 적이 있다. 정말로 목숨과 비할 게 뭐가 있을까. 스스로의 가치를 상실하고 존엄을 잃었다고 느끼거나 목숨만큼 중요하게 여긴 자존심이 훼손당해 스스로 받아들이지 못할 만큼 완벽함을 자부하는 강직한 사람이거나, 또는 타인의 시선과 평가, 지위, 인지도에 영향을 받는 직업을 가진 자들이 그것을 상실했을 때 더 이상 존재 가치가 없다고 여겨 스스로 소멸을 선택하는 징벌인 것일까.

나 역시도 고백을 하건대 그런 끔찍한 생각을 안 해본 것도 아니다. 그때는 누군가가 힘들게 해서도 아니고 스스로가 삶을 이어갈 자신이 없고 감당이 안 될 때였던 것 같다. 그때마다 '이왕 죽을 거 맘대로 살아보고나 죽자.'라는 생각으로 다시 맘을 고쳐먹은 적도 여러 번이었다. 물론, (지금은 누구보다 잘 살고자 하는 의지가 충만하지만) 무엇보다 남겨질 사람에 대해 무책임한 행동인 것만 같아서. 죄인 중의 중죄인이 되는 것만 같아서.

오래 함께한 반려견이나 반려묘가 죽어도 남겨진 가족은 그리움에 수년간을 힘들어한다. 나 역시도 마찬가지다. 하물며 인간이 말하지 못한 고통을 가슴에 품고 사랑하는 사람들을 두고 홀연히 떠나버리는 그 이상의 비극이 또 있을까. 떠난 자는 말이 없겠지만 살아내며 견뎌야 하는 남겨진 자들은 말없이 떠난 망자의 힘들었을 아픔까지 떠안고 살아야만 한다. 그러나 부디 이 순간만큼은, 이런 원망조차 잊고… 가야 할 사람을 보내주기로 한다.

'나의 아저씨!' 오늘은 당신의 따뜻한 목소리가 너무나도 구슬프게 귓가를 맴돕니다.

그곳에서는 편안하소서.

Part 2

너는 어떻게 지내?
나는 이렇게 지내

구급차를 보내며

휴일 늦은 오후였다. 사무실 청소가 거의 끝날 무렵 쓰레기통을 비우러 외부 쓰레기장으로 향하는 길이었다. 주차장에 엉거주춤 서 있는 동료 한 명을 발견했다. 느낌이 좋지 않았다. 급하게 뛰어가 상태를 살폈다. 창백한 얼굴, 굳어 있는 몸. 다가가서 말을 걸어보았지만, 간단한 대답조차 힘들어 보였다. 우선 구급차를 부른 후 쓰러질 듯한 그를 의자에 앉혔다. 구급차가 도착하자마자 맨발에 슬리퍼만 신은 채로 환자와 함께 구급차에 올랐다. 휴일이라 회사에는 사람들이 거의 없었다. 상황을 정리하기 위해 응급구조사와 함께 지역에서 가까운 병원의 응급실로 향했고 발견 당시 환자의 상태를 응급구조사에게 상세히 설명했다.

도로 위에서 사이렌을 울리며 급하게 병원으로 달리는 구급차는 흔하게 볼 수 있는 광경이다. 요란한 사이렌 소리만으로도 공포감이 드는데 얼마나 위급한 환자가 구급차에 타고 있을지 상상을 하게 된다. 나 역시 수십 번 구급차에 실려 갔었기에 언제든지 구급차를 탈 수 있다는 공포와 불안이 있다. 경마장의 새벽과 경주가 열리는 주말이면 구급차는 항시 대기에 들어간다. 경마장 사람들은 멋있고 매력적인 말과 함께 경주로를 달리지만, 구급차는 언제 부상을 입을지 모른 채 아슬아슬하게 달리는 우리를 따라 함께 달린다. 불안과 두려움, 안심이 공존하는 구급차. 없어서는 안 되겠지만 타고 싶지는 않다.

기수 시절, 경주마 훈련이나 경주 중 각종 사고로 인해 구급차에 실려 간 경험이 수십 번이다. 사고의 유형은 무수히 많다. 500킬로그램에 육박하는 경주마. 거구의 동물을 다루며 그를 타고 달린다는 것은 너무도 신나고 매력적인 일이지만, 자동차 사고만큼이나 경주마 사고는 위험하다. 게다가 살아있는 동물은 내 통제 영역을 벗어나는 경우도 많아서 상상 못 할 사고도 흔하게 일어난다. 마방에서 걸려오는 전화를 받을 때는 또 무슨 사고가 일어났을까 하고 심장이 덜컥 내려앉는다. 살아있는 생물을 돌보는 일은 24시간 운영되는 병원과도 같다. 낮이고 밤이고 할 것 없이 사고가 일어날 수 있고 사람이 지켜보는 상황에서도 막을 수 없는 사고가 일어나기도 한다. 총책임자인 조교사는 24시간 전화기를 한몸같이 생각하고 살아야 한다.

가장 끔찍한 사고가 일어났던 2006년 10월 29일 일요일. 헤럴드경제 배 대상경주였다. 큰 대상경주에 출전한다는 설렘과 동시에 긴장감을 안은 채 발주 신호와 함께 출발대를 나왔다. 출발은 순조로웠다. 내가 기승한 2세 암말은 '산소아침'이었다. 4코너를 돌고 직선주로에 진입하며 산소아침에게 "가자!"라고 외쳤다. 산소아침은 나의 기대에 부응하듯 순간 속도를 높였다. 그런데 잠시 후. 직진해야 할 산소아침이 갑자기 사선으로 달리기 시작했다. 갑작스런 상황에 당황할 틈도 없이 극도의 공포가 몰려오는 순간, 산소아침은 앞다리가 부러지며 쓰러지고 말았다. 말 등에 타고 있던 나는 낙마했고, 그 후 산소아침에게 깔리는 2차 사고가 일어났다.

그날 그 순간을 생생히 기억한다. 코와 입에서는 피가 분수처럼 뿜어져 나오고 아프다는 비명조차 지를 힘이 없었다. 경기마다 말 무리를 뒤따르던 구급차는 곧바로 나를 실어 병원으로 향했다. 척추뼈와 코뼈가 부러지고 그 외 여러 곳에 심각한 부상을 입었고, 몇 개월이나 병원에 있어야만 했다. 그 이후에도 잦은 부상으로 수십 차례 실려 갔던 기억이 있다.

조교사가 되고서도 여전히 경주마 훈련을 하고 있지만 큰 부상은 없다. 그렇다고 구급차 신세를 지지 않는 것은 아니다. 몇 년 전에는 호흡 곤란으로 쓰러져 응급실로 실려 갔다. 그 이후 고혈압과 공황장애, 우울증 진단을 받고 지금까지 치료 중이다. 조교사가 되면 좀 나을 줄 알았지만, 직업에 대한 스트레스와 긴장감은 오히려 더해진 느낌이다. 나뿐 아니라 다른 조교사도 마찬가지로 마주, 기수, 마필 관리사 등의 관계 속에서 많은 힘듦을 겪는다. 경주 성적과 관련한 극한의 경쟁, 마방 운영에 대한 책임 등으로 오는 극도의 스트레스는 피할 수 없다. 켜켜이 쌓였던 정신적 충격이 목숨을 앗아갈 위험에까지 이르는 경우도 드물지 않다.

너무나 매력적이어서 선택한 나의 직업. 치명적인 매력만큼 감수해야 할 부상의 위험과 스트레스의 무게도 고스란히 감당해야 한다. 세상 모든 일이 다 그렇겠지만 말이다. 휴일에 쓰러진 동료의 보호자로 구급차를 타고 가면서 동료의 힘들어하는 얼굴에서 이 직종에 종사하는 사람들의 모습이 보였다.

병원에 도착해서 응급실에 접수를 하고 대기하는 동안 동료의 가족이 왔다. 얼굴이 새하얗게 질린 가족은 나에게 "이렇게 힘든 직업이라 어떡해요. 그렇다고 그만두라고도 못하겠고. 진짜 못할 짓이에요."라며 발을 동동 굴렀다. 나는 아무 대답도 할 수 없었다. "이 직종에 종사하는 분의 가족이라면 누구나 같은 마음일 겁니다." 이 말 한마디밖에. 누구보다 그 심정을 잘 알기 때문에 그 가족의 마음이 고스란히 스며들어와 나의 마음도 아팠다.

피터 드러커는 "우리는 일을 통해 인간이 되어간다."고 했다. 나 역시 인간이 되어가는 과정인 걸까? 그토록 힘들었는데 왜 27년 동안 이 일을 해온 걸까? 남은 20년을 더 해보면 알 수 있을까? 혼자 이런저런 생각을 하다가 가족에게 나머지 일을 부탁하고 택시를 타고 다시 회사로 돌아왔다. 급하게 맨발에 슬리퍼만 신고 나왔던 터라 발이 추웠다.

평생 하나의 길을 걸어간다는 것. 나는 왜 이 하나의 길을 이토록 긴 시간 걸어온 걸까. 너무 오랫동안 이 길을 걸어오고 보니 다른 길을 걷는다는 것 자체가 두려웠던 건 아닐까. 일이란 누군가에게는 꿈일 수도 있고, 또 누군가에게는 삶의 목표 달성을 위한 수단일 수도 있고, 또 누군가에게는 그냥 생계를 위한 도구일 수도 있다. 그리고 그것이 변하기도 한다. 정답은 없다. 다만 이젠 좀 더 나 자신에게 초점을 맞춘 삶을 살아보고자 한다. 그게 어떤 길인지 지금은 알 수 없지만, 조금씩 새로운 것들을 받아들이고 도전하면서 그 길을 찾아 나가고 싶다. 그게 무엇이든 오롯이 나의 행복을 위한 것이길 바란다.

너를 잃고
나를 얻다

아슬아슬함의 연속.
그런데 왜 나는 이곳을 떠나지 못하는 걸까.
무엇이 두려운 걸까.
아니,
두려운 것이 아니라
이미 알고 있는 건지도 모른다.
내가 있을 곳은
결국 다시 돌아올 곳은
여기라는 걸.

기억은 이성이고
추억은 감성이다

한국을 떠난 지 6일째. 한국을 떠났다는 표현보다는 미국으로 출장을 온 지 6일째란 표현이 더 적절하겠다. 미국 출장의 목표는 달성했다. 사고 싶었던 말 두 마리를 일사천리로 샀으니까. 말을 사기 위해서는 전략이 필요하다. 경매 번호에 따라 앞번호에 배치된 말을 사지 못하면 차선책으로 뒷번호 말을 사게 되는 경우가 많다. 나는 꼭 사고 싶었던 말 두 마리를 놓치지 않고 한 번에 원하는 가격에 살 수 있었다. 행운이었다. 이번 미국 출장은 예감이 좋다. 우선 꼭 원했던 말을 사게 되었으니.

4월의 플로리다. 여러 기억과 추억이 있는 곳. 올 때마다 새롭게 만난 경주마 친구들, 그리고 함께한 지인들과의 추억이 있는 곳이다. 올해는 대부분 혼자만의 기억이 저장될 듯하다. 6일 동안 집중적으로 주요 업무를 하고 난 후 여유로운 시간이 주어졌지만, 예전처럼 책이 잘 읽히지도 않고 그렇다고 글이 손에 잡히지도 않았다. 아마도 여행을 온 게 아니다 보니 일에 대한 강박과 예민함이 크게 자리 잡고 있었나 보다.

지금은 플로리다 올랜도 공항에서 LA로 가는 비행기를 기다리는 중이다. 해야 할 일을 마치고 나니 조금의 여유가 생겼다. 미국 일정을 생각보다 빨리 마무리할 수 있어서 남은 며칠은 한번도 가보지 않은 LA 여행을 하기로 결정했다. 올랜도에서 LA까지 비행시간은 5시간 정도. 미국은 워낙 땅이 넓다 보니 비행기로 5시간 정도는 대수롭지 않은 것 같다.

장시간 비행을 기다리는 동안 무엇을 할까 고민을 하다 눈앞에 보이는 와인 바가 나를 유혹하며 손짓했다. '한잔하고 비행기에서 푹 자버려.' 누군가 귓속말로 내게 속삭이는 듯했다. 올리브오일에 어우러진 토마토 요리의 냄새가 이 속삭임을 완벽한 유혹으로 완성하며, 결국 나를 와인 바로 이끌었다. 레드와인 한 잔과 부르게스타를 주문했다. 레드와인은 특별히 인상적이지는 않았다. 피곤함을 달래주고 잠들기에 딱 좋은 나른함을 줄 정도로는 충분했다. 토마토 부르게스타는 한국에서 먹던 것과는 비주얼이 달라 보였다. 노릇노릇 잘 구워진 바게트 위에 달게 잘 구워진 방울토마토. 그리고 그 위에 곁들여진 바질과 발사믹 글레이즈의 조합이 일품이었다. 와인이 아닌 안주가 주연이 되는 순간이었다. 부르게스타가 너무 맛있어서 아껴서 조금씩 베어 물다가 그 맛에 점점 더 빠져들어 나도 모르게 와인 한 잔을 더 주문했다. 입이 황홀했고 마음이 즐거웠고 바에 앉아 키보드를 두드리는 손가락은 덩달아 춤을 추고 있었다. 비행기 시간이 다가오자 LA행 비행기가 기다리고 있는 77번 게이트로 향했다.

올랜도 공항에서 LA로 향하는 비행기를 기다리며 먹었던 와인과 토마토 부르게스타. 그리고 바에 앉아서 글을 쓰는 2024년 4월 플로리다의 기억은 저장되었다. 그때의 즐겁고 행복했던 나는 추억으로 간직되었다. 문득 그런 생각이 든다. 기억은 이성적이고 추억은 감정적인 것 같다는. 기억이 사진이라면 추억은 사진을 볼 때 되살아나는 그 순간의 기분과 맛과 냄새와 공기가 아닐까. 그래서 기억은 의식적이든 무의식적이든 삭제할 수 있지만, 추억은 삭제가 힘들다. 몸이 기억하고 무의식에 이미 새겨진 오감의 향기가, 혼자 여행하는 내내 나를 지배했던 것처럼.

추억은 아름답다. 그러나 남겨진 사람에게 그 추억이 더 큰 외로움을 안겨주는 법이다.

플로리다의 지는 노을 아래에서
나는 누군가에게 잊힌 사람이 되어
어쩌면 오래도록 남겨진 사람이 되어
한참을 걸었다.

감정의
롤러코스터

지인의 부고 소식을 들었다. 나보다 연배가 높은, 일로 오래 알고 지낸 사이다.

처음 부고장을 받았을 때는 그분의 부모님이 돌아가신 줄 알았는데 자세히 확인을 해보니 본인의 부고 소식이었다. 무척 당황스럽기도 하고 놀라기도 했다. 지병이 있다는 얘기는 없었는데. 고인의 소식을 자세히 알 만한 지인에게 연락을 해보았다. 사인은 자살. 왜 그런 선택을 할 수밖에 없었는지는 죽은 자만이 알 수 있을 뿐 과한 추측은 하지 않기로 했다. 다만 남겨진 가족들과 그분을 아끼던 지인들이 얼마나 힘이 들까 심히 염려스러웠다.

나 역시 감정의 롤러코스터 위를 올라탔을 때가 많았다. 그럴 때는 위험한 생각이 들기도 했다. 소설가 파울로 코엘료는 말했다. 외로움은 어두운 터널이지만 그 끝엔 반드시 빛이 있다고. 아마도 내 롤러코스터의 가장 아래에는 원인도 알 수 없는 깊은 외로움이 존재할 것이다. 나뿐 아니라 많은 현대인들이 외로움이라는 병에 시달린다. 풍요 속의 빈곤이란 말처럼 아무도 없을 때보다 곁에 누군가 있을 때 더 큰 외로움을 느낀다는 것이 이 병의 특징이다.

현대인은 저마다 이러한 외로움에 적응해야 한다. 혼자서 단단하게 서 있고, 부정을 긍정으로 절망을 희망으로 바꿀 자신만의 스위치를 만들어야 한다. 하지만 그건 누구에게도 쉽지 않은 법이다. 때로는 자기계발서 속의 번지르르한 얘기처럼, 공중의 잡히지 않는 뿌연 연기처럼 느껴지기도 한다.

그래서 누군가는 이별이 싫어 새로운 만남을 만들지 않는다고 한다. 하지만 나처럼 이별이 잦은 삶에서 그건 불가능한 일이다. 더욱이 긴 시간 함께했던 이와 큰 이별을 맞이한 후로 몇 년 동안은 정말 그 끝이 보이지 않을 것만 같은 외로움의 터널을 지나기도 했다. 하지만 지금은 그 시간에 감사한다. 아픔을 견디기 위해서는 작은 희망이라도 붙드는 법을 터득해야 하고, 마음에서 부정적인 사고를 밀어내는 법을 배워야 한다는 걸 깨달은 시간이었으니까. 하루하루 내 삶을 기록하며, 또 때때로 못나 보이는 나를 다독이며 여기까지 올 수 있었음에 감사한다. 지금은 내가 밉기보다는 가엾고, 못나 보이는 대신 자랑스러울 때도 있다.

내 마음에서 어떤 이야기도 들려오지 않을 때 인간은 극단적인 선택을 할 수도 있겠다는 생각이 든다. 괴롭다고 소리치더라도, 폭주하는 감정의 롤러코스터에 나를 내던지더라도 내 안에서 어떤 소리가 들려온다면 그것에 귀 기울여볼 수 있고 그때는 아직 늦지 않은 때라는 걸 기억하길. 그걸 글로 쓰든 노래로 뿜어내든 춤으로 날아오르든… 어떤 식으로든 나를 보살펴야 한다.

지인의 웃고 있는 영정 사진 옆에 국화꽃 한 송이를 놓으며, 어두운 터널 끝을 보지 못하고 가버린 한 영혼을 위로한다. 더불어 여전히 밀려오는 외로움 속에서 유리벽처럼 얇아지는 내 마음을 다시 살피기 위해 노력한다.

무너지지 말자, 너무 절망하지도 말자 다짐한다.

이별과 슬픔과 아픔과 외로움을 막을 수는 없지만, 내가 나를 돌볼 수는 있으니까. 난 내가 할 수 있는 것을 최선을 다해 해내보겠다고 다짐해본다.

시간은 우리를 기억하게 할까
잊혀지게 할까

24년 만에 지인을 만났다.

서로 얼굴을 보자마자 마치 어제 만난 사람처럼 웃었다. 그 시절 함께 거닐던 거리, 술잔을 기울이며 나누던 대화… 모든 게 선명했다. 24년이 순식간에 흐른 것만 같아, 그런 서로를 신기해하며 많이도 웃었다.

분명 시간은 우리를 많은 기억으로부터 멀어지게 하고, 그날의 감정에 무뎌지게 할 텐데. 오랜 후 다시 그와 마주했을 때 마치 어제처럼 그를 기억하게 된다면 얼마나 아플까, 문득 그런 생각에 두려움이 몰려오기도 했다.

하지만 아픔은 시간의 흐름에 묻혀 잊히고, 마음에 일었던 여러 감정도 세월 속에 희석되기 마련일 거야. 오늘은 그렇게 생각하고 싶다. 그런 시간의 힘을 믿어보고 싶다.

나 자신에게
당당한 삶을 산다는 건

해외 연수 일정을 끝내고 돌아왔는데, 며칠 비운 공백이 주는 허탈감이 크다. 내 일상에 휴양이며 제대로 된 여행을 꿈꾸진 않지만, 그래도 주어지는 명분들에 의지해 그 시간만큼은 온전히 내 것이고 싶건만. 때때로 그조차도 사치일 때가 많다.

비운 시간 동안 마치 '놀다 온 사람'이 되어버린 것 같은 분위기에 낮 동안 속이 많이 상했다. 여느 때처럼 해야 할 일을 묵묵하게 하고 집으로 돌아왔는데 좀처럼 마음이 다독여지질 않았다. 밤이 되어서야 펜을 들고 글을 쓰기 시작했다. 대체 내 진심은 뭔가. 그냥 그런 이야기를 한번 끄적여보고 싶었다. 내 진짜 마음을 내가 아는 건 무엇보다 중요하니까.

'때로는 쉬고 싶고, 놀고 싶어. 하지만 열심히 해서 좋은 성적

을 놓치고 싶지 않아.'

'정말 사실은… 그럴듯하게 잘 되어가는 내 삶을 원해.'

그래, 그런 거였다. '나는 며칠 쉬지도 못해! 좀 내버려 둬!'라는 게 내 마음인 줄 알았지만, 결국 '잘하고 싶은 나'를 선택하는 게 내 진짜 마음인 거다. 나는 나를 속일 수 없으니, 그런 내 진짜 마음을 받아들이는 수밖에. 한참 열을 냈던 나를 반성하는 동시에 억울하고 서운했던 내 마음을 위로해주었다.

때때로 달리기 경주를 앞두고 라인 앞에서 못 하겠다고 울며 떼쓰는 아이 같은 나를 본다. 정말 하기 싫어서가 아니라 잘 못 해낼까 봐 겁이 나서 '놓고 싶다'라고 말하는 나를. 난 그저 그 순간 잠시 누구보다 잘 해내고 싶은 아이가 되어버리는 것이다.

자기합리화는 내가 틀렸다는 걸 알면서도 그걸 들키고 싶지 않아서 자꾸만 둘러대는 변명이다. 하지만 나를 영원히 속일 수는 없지 않은가. 자신에게 솔직할 때 가장 편안해지는 게 인간인데…. 나 자신과 더불어 남을 속이는 것은 결코 행복의 길로 우리를 데려가 주지 못한다. 뒤돌아서면 씁쓸함만 남을 뿐. 나를 속이는 말과 행동 뒤에 찾아오는 씁쓸함마저 없다면 그 사람은 진짜 병든 것일지 모른다. 깊은 병이 오기 전에, 우리는 자신에게 솔직해지는 연습을 날마다 해야 하는 것일지도.

내가
마주가 된다면

'역지사지(易地思之)'라는 말이 있다. 상대방의 마음을 이해하려면 상대방이 되어봐야 한다는 뜻이다. 인간사 대부분이 역지사지로 해결되지만, 안타깝게도 인간사의 대부분에서 우리는 역지사지를 기억하지 못한다. 대부분의 순간에 우리는 내 감정에 충실하게 되니까.

조교사라는 일을 하며 가장 힘든 부분이 바로 마주와 좋은 관계로 지내는 일이다. 조교사에게 말을 맡긴 마주 입장에서는 말과 관련한 모든 부분이 궁금하겠지만, 그 모든 일을 일일이 마주와 소통해야 하는 조교사는 어떤 순간도 녹록지 않다. "우리 말이 우승했습니다!"라는 말조차도 다음번에 성적을 내지 못할 때 나락으로 떨어질 기분을 생각해 그 수위를 조절하게 되는 게 조교사의 입장이다. 저조한 성적과 말의 좋지 않은 컨디션에 대한 잔소리와 질타를 받을 때면 서운함과 화가 밀려오지만 '내가 마주였으면 어땠을까'라는 단 하나의 가정으로 모든 게 이해된다. 더하면 더했지 아마 덜하진 않았을 나일 테니.

한국에서 처음 개인마주제*가 시작된 1993년, 당시 마주들이 1세대 개인마주다. 약 20년이 흘러 2010년 이후로 1세대 마주들이 경마장을 떠나고 새로운 세대의 마주가 경마장에 들어오게 되었는데, 그 이전 세대 마주들과는 사뭇 다른 분위기가 느껴졌다.

1세대 마주들은 조교사를 한 장인으로서 인정하고 경주마를 맡겼다. 즉, 전적으로 조교사에게 경주마 관련 업무를 믿고 맡기는 문화를 당연시했다. 그러나 2010년 이후 마주와 조교사의 관계는 일종의 '갑을 관계'가 되었다. 마주가 조교사의 영역에 들어와 이것저것 관여하는 일이 많아졌다. 이전에는 동등한 관계로 각자의 입장과 위치를 인정하고 맡은 역할에 최선을 다했다면 지금은 그 영역이 허물어진 것이다. 어떤 마주는 경주마의 훈련, 사양 관리, 기수선정까지 하기도 한다.

"이론으로 조교사 면허 딸 것 같으면 아무나 조교사 다 하겠다."라는 우스개 아닌 우스갯소리가 나올 정도이니. 전문가를 전

* 개인이 마주가 될 수 있는 시스템

문가로 인정하지 않는 분위기가 만연하고, 이런 문화는 점점 더 심해지는 듯하다. 이유야 여러 가지가 있겠지만 정상적인 시스템은 분명 아니다. 이러다 조교사가 꼭두각시 역할만 하는 날이 오지 않을까 하는 두려움도 생긴다. 그럼에도 불구하고 경주마의 성적이 나쁘거나 경주마의 상태에 따른 모든 책임과 원한은 조교사의 몫이다. '왕관을 쓴 자여, 그 무게를 견뎌라.'라는 말이 있다면 조교사는 '조교사의 완장을 찬 자여, 그 어깨의 짐과 스트레스를 견뎌라.'라고 말할 수 있을 것이다.

경마에서 '마주'라 함은 우선으로 명예직을 꼽는다. 금전적인 것을 떠나 마주라는 자체가 영예로운 자리로 인식되는 것이 오랜 전통이자 마주의 위상이다. 그러나 현재의 경마는 영예로운 명예직보다는 마주 자체가 본업인 경우, 또는 부업, 투자의 방법 중 하나인 경우의 비중이 점점 더 증가하는 추세다. 자신이 맡겨둔 말 한 필이 매우 중요한 자산의 일부이다 보니, 점점 더 높은 관심을 갖고 공부도 하며 또 관여도 하게 되는 것이다.

이러한 마주의 입장도 이해를 못 하는 것은 아니다. 그래서 '역지사지'의 말을 따라 '내가 마주라면 과연 어떤 마주일까?'를 자주 생각해보곤 한다. 아마 내가 마주가 된다면 경주 기승 경험이 있고 경주마 관리에 있어 섬세하고 예민한 조교사를 선택할 것이다. 우선 스포츠의 감독으로서 기본적으로 필드에서 실전 경험이 있어야 한다는 것이 제1번 원칙이다. 그리고 동물을 다룬다는 것은 아기를 돌보듯 섬세하고 예민해야 사소한 것 하나라도 놓치지 않고 꼼꼼하게 챙길 수 있다. 그리고 당연히 갖추어야 할 기본 소양인 책임감과 성실함이 있으며 나와 소통이 잘 되는 조교사를 선택할 것이다. 그렇다고 하나하나 간섭하고 일일이 체크하지는 않을 것이다. 그저 그 조교사를 신뢰하고 믿으며 전적으로 지지해주고, 조금 부족한 면이 보인다면 더 잘할 수 있게 서포터를 해주는 마주가 될 것이다. 조교사 역시 나의 꿈의 동반자이니까.

내가 신중하게 선택한 사람이라면 단번에 갈아치우고 실수나 잘못에 대한 책임을 바로바로 물어 대가를 치르게 하기보다는 실수를 만회하고 성장할 수 있는 기반을 마련해주는 것 역시 마주의 몫이라 생각한다. 그랬을 때 조교사도 더욱 마주에 대한 신뢰를 갖게 되고 충성심도 높아질 것이다.

조교사든 마주든 각자의 역할에서 충실하고 최선을 다하는 것은 매우 중요하다. 그러나 내가 마주가 되어보았던 것처럼 한 번쯤 마주도 '내가 조교사라면'이라는 생각을 해보면 어떨까. 그러면 조교사를 영업자가 아닌 전문가로 믿어주고, 성장의 기회를 주며, 잘못에 대한 책임을 돌리기보다는 함께 아픔을 공유하며 나아가는 한 팀으로서의 관계가 될 수도 있지 않을까.

혹자는 '꿈 같은 소리'라고 하겠지만, 인간사 역지사지로 해결되는 일이 대부분 아니던가. 내 마음이 한 뼘 넓어지면 좋아지는 건 상대방이 아니라 나 자신이다. 상대방을 이해하는 폭만큼 내 마음도 편안해질 테니까. 그 한 뼘 넓히기가 힘들지만 꿈은 한번 꾸어보고 싶다. 서로의 입장에 서서 서로를 이해하는 멋진 팀이 나와 내 마주들이 되길.

어른이 되어가는 길목에서

오랜만에 체중을 쟀다. 체중계에 표시된 숫자를 확인하고 충격을 받았다.

'고장이 난 건가? 바닥에 수평이 안 맞나?'

몇 번이고 체중계를 이리저리 옮기고 다시 체중을 쟀다. 결과는 똑같았다. 그럴 리 없다며 다른 장소에 있는 체중계를 찾아 다시 재 보았다. 결과는 똑같았다. 내가 생각하는 체중보다 6~8kg이 더 나오는 게 아닌가. 고등학교 이후 최고치 몸무게를 찍었다. 충격이었다.

어릴 적부터 나는 마른 적이 없었다. 통통과 뚱뚱의 경계에 늘 있었다. 고등학교 3학년 때는 체육학과 진학을 목표로 하고 있었기 때문에 운동도 많이 했지만 먹기도 또래 친구들보다 두

배는 더 먹은 기억이 난다. 키는 160cm가 좀 안 되는데 몸무게가 58kg이었으니 결코 날씬한 몸매는 아니었다.

1999년은 IMF가 터진 다음 해라 우리 집도 마찬가지, 사실 부모님이 나를 대학에 보낼 수 있는 형편은 아니었다. 부모님은 대학교 입학금과 등록금을 친지들에게 빌려서 내주셨다. 무거운 마음에 대학교 1학년 생활을 시작했지만, 빨리 돈을 벌 길을 찾아 스스로 학업을 마무리하고 싶어 학교에 다니면서 경주마 기수 시험을 준비했다. 체력은 누구보다 자신 있었고 특별한 결격 사유는 없었지만, 경주마 기수에게 가장 중요한 체중만이 맘에 걸렸다. 신체검사가 4월이었는데 3월부터 필사적으로 체중 감량에 돌입했다. 합격 기준은 48kg 이하. 48kg은 중학교 1학년 때 몸무게였는데, 약 한 달 만에 10kg을 빼야 하는 상황이었다.

스무 살. 지금 생각하니 참 무모하게도 체중 감량을 한 것 같다. 하루 한 끼, 그것도 과일 몇 조각 먹고 땀복 입고 유산소 운동을 몇 시간씩 했다. 신체검사 이틀을 앞두고는 물도 한 방울 먹지 않았다. 그렇게 한 달 만에 48kg을 맞췄다. 더 확실해야 한다는 생각에 신체검사가 있는 당일에는 몇 그램이라도 빼보겠다고 새벽에 사우나에 가서 몸에서 나올 수 있는 땀은 다 뺐았다. 수분 섭취가 없어서 땀도 많이 나오지 않았다. 나중에는 땀이 나오기는커녕 피부만 말라버리고 이러다간 죽겠다 싶어서 그만하고 시험장에 갔다. 신체검사는 가까스로 통과를 했다. 체력 테스트는 체육과 학생답게 당당히 남녀 통틀어서 상위권 성적으로 합격을 했다. 신체검사와 체력 테스트를 무사히 마치고 돌아와서는 그동안 먹지 못하고 고생한 보상으로 목구멍까지 차도록 이것저것 닥치는 대로 먹었다. 그리고 다음 날 아침 거울 속 얼굴은 내 얼굴이 아니었고 체중계 바늘은 53kg을 가리키고 있었다.

그리고 며칠 후. 나는 신체검사, 체력 테스트, 말 기승 테스트, 최종 면접까지 치르고 합격 통보를 받았다. 하지만 그때부터가 시작이었다.

경마는 능력 있는 말과 능력이 상대적으로 떨어지는 말에게 기수 몸무게를 포함하여 말 등에 짊어지는 부담중량 조절로 능력 편차를 좁힌다. 부담중량이라 함은 기수 몸무게와 기수가 입고 있는 유니폼, 말안장, 안장 패드 복대 등 경주마가 경주에 뛰기 위해 필요한 장구 무게까지 전부 포함한 것을 의미한다. 선수 시절에는 체력 관리보다는 체중 관리가 더 우선시되었다. 체력이 아무리 좋아도 내가 기승하는 경주마의 부담중량을 맞추지 못하면 기승 자체를 하지 못하기 때문이다. 부담중량이 높은 말은 웨이트 패드를 추가해서 부담중량을 맞출 수 있지만, 부담중량이 낮은 말은 내 몸무게를 빼지 않는 한 기승 기회를 얻을 수 없다. 당시 부담중량 기준은 최저 중량 48kg이었다. 그러면 내 몸무게만 46kg. 몸무게를 맞추지 못하면 기승 기회를 잃기 때문에 어떻게 해서든 맞춰야 했다. 월, 화 쉬는 날에는 그나마 먹기는 했지만 체중 감량에 대한 공포로 음식을 제대로 먹지 못했다. 수요일부터는 한 끼 아니 반 끼라는 표현이 오히려 적절하겠다, 그렇게 먹고 땀복을 입고 유산소 운동을 한 후 사우나에서 땀이 나오지 않을 때까지 있다가 쓰러져 자는 게 일상이었다. 웬만한 기수들은 하루에 마음먹고 빼면 3kg 정도는 뺄 수 있는 기본적인 노하우가 나름 하나쯤은 있다.

기수 생활을 마치고 조교사가 되었을 때 가장 좋은 것은 체중에 대한 스트레스를 받지 않아도 된다는 것이었다. 되돌아보면 그때 그 시절 어떻게 그렇게 무식하게 체중 감량을 했는지, 내가 그런 시간을 보내왔다는 게 믿기지 않을 때가 있었다. 물론, 조교사 생활을 하면서도 늘 체중에 대한 강박은 있었다. 수년간 어렵게 관리해온 마른 몸을 유지하고 싶었으니까. 초창기 1년쯤은 기수 생활 체중을 어느 정도 유지했다. 그러다 서서히 나태해지더니 조금씩 조금씩 체중이 불어나기 시작했다. 처음 1~2kg 정도 체중이 늘어났을 때는 과거 기수 시절 경험에 대한 자만이 있었는지 '이쯤이야 하루 이틀이면 뺄 수 있지.' 하며 별 대수롭지 않게 생각했다.

하지만 내 생각이 틀렸다. 최근 확인한 몸무게에 충격을 받고 다이어트를 시작했는데 운동도 예전만큼 할 수 없었고 절박하지 않으니 음식 앞에서 쉽게 유혹에 넘어갔다. 한두 시간 사우나에 들어가 있는 것은 일도 아니었는데 지금은 20분을 채 넘기지 못하고 뛰쳐나온다. 목표 체중은 50kg인데 500g 빼기가 이렇게 힘든 일일 줄이야. 인간이란 생존이 걸려 있는 정도가 아니면 쉽게 절박해질 수 없다는 걸 다시 깨닫는 순간이었다.

나이가 들며 내가 보내야 할 것은 잊어야 할 과거뿐 아니라 과거에 머물러 있는 나의 생각들이다. 아직도 스무 살 처음 이곳에 왔을 때가 생생한데, 20년이 훌쩍 지나버린 지금 나는 그때와는 사뭇 다르다. 살을 빼는 일도, 어려운 일을 해내는 일도, 누군가를 만나고 헤어지는 일도… 씩씩하게 거뜬하게 해낼 것 같은 치기 어린 마음이 지금 내 시간표에는 쉽사리 적용되지 않는다는 걸 겸손하게 받아들여야 할 때가 왔나 보다. 그때의 나를 보내고 지금의 나를 있는 그대로 받아들이는 것. 어른이 되어가는 길목에서 아프지만 반드시 밟아나가야 할 과정이라는 걸 이제 조금은 알 것도 같다.

혼자 무엇이든 할 수 있다는 게
씩씩한 건 줄 알았는데
알고 보니 정말
슬픈 거였다.

글쓰기는
나의 신앙

매일 한 편 글쓰기가 일과 중 가장 우선순위가 되었다. 나는 무신론자이지만 주일에 교회에 가지 않으면 벌을 받을 것 같은 기분이랄까. 글쓰기가 마치 신앙인 것만 같다. 벼랑 끝에서 무릎 꿇고 살려달라 신에게 기도하는 마음으로 글을 쓴다.

여전히 캄캄한 바다를 표류하듯 둥둥 떠다니지만 글쓰기라는 등대가 저 멀리서 한 줄기 빛이라도 비춰주니 안심하고 마음 가는 대로 지내보려 한다.

오늘도 신에게 기도하는 마음으로 글을 쓴다.

글쓰기는 나의 신앙.

이것이 나에게 무엇을 이루어줄지는 모르지만, 난 오늘도 깊은 기도 속으로 들어가 본다.

미니어처의 세상,
경마장

나는 미니어처의 세상에 살고 있다. 모든 것이 정상보다 작은 미니어처의 세상. 그곳은 바로 '경마장'이다. 세계 어느 나라 경마장에 가더라도 볼 수 있는 것이 바로 키가 유난히 작은 사람들이다. 그들은 경주마를 타고 달리는 트랙의 주인공인 '기수'다.

경주마는 빠르게 달려야 한다. 빠르게 달리기 위해서는 몸무게가 가벼운 사람을 태우는 것이 유리하다. 60kg이 넘는 사람이 경주마를 타게 되면 말의 다리에 무리가 갈 수 있어 위험하다. 그래서 키가 작고 몸이 가벼운 것이 기수에게는 유리한 조건이 된다. 하지만 일반적인 사회에서는 키가 작은 것은 콤플렉스가 된다. 나 역시 160cm가 넘지 않아 그게 늘 불만이었다. 학창 시절 키 큰 친구들을 올려다보며 이야기하는 게 어찌나 싫은지. 키 작은 원망을 부모님께 돌려 부모님 마음을 무척이나 상하게 하기도 했다. 게다가 통통하기까지 했으니. 그런 내가 기수가 된다는 걸 상상이나 했을까.

기수라는 운명은 뜻하지 않게 찾아왔다. IMF 구제금융 시절 대학교에 입학하게 된 나는 형편이 어려워 학업을 이어가기가 힘들었다. 그러다 고등학교 시절 선생님께서 수능을 준비하는 내게 경마장 기수라는 직업에 대해 알려주신 게 문득 떠올랐다. 태어나 경마장이란 곳에는 단 한 번도 가본 적이 없고, 기수라는 직업이 정확히 무엇인지도 몰랐다. 구경이라도 할까 싶은 생각에 사촌 오빠, 친구와 함께 주말에 경마장을 찾았다.

경마장을 처음 갔을 때가 기억이 난다. 1999년 2월 28일, 추운 겨울이었다. 경마장도 처음이었지만 사실 말이라는 동물도 처음 봤다. 경주마 위에 올라 있는 기수도 처음 보았다. 하얀 백마 위에서 멋진 유니폼을 입고 있는 기수의 모습이 얼마나 멋있던지, 아직도 그 모습을 잊을 수가 없다. 그날 챙겨간 필름 카메라로 멋진 경주마와 기수들의 모습을 사진 속에 담았다. 훗날 사진 속 기수는 나의 절친한 선배님이 되었다. 인연이란 참 묘하다.

무리 지어 경주로를 달리는 말들. 그 모습을 바라보며 환호하고 함성을 지르는 수만 명은 되어 보이는 경마팬들. 경주마는 경마팬들에게는 연예인 못지않은, 한마디로 스타들이었다. 말들이 경주로를 울리며 달리는 발굽 소리의 진동이 내 심장에서 뛰는 듯했고, 그 벅참과 두근거림은 집에 와 잠들기 직전까지 계속되었다. '그래, 꼭 기수가 되자.' 나는 그렇게 결심했다.

기수가 되기 위해서는 우선 기수 후보생 시험을 봐야 하고, 시험에 합격하면 2년간 합숙을 하며 기수로서 필요한 기술과 지식을 습득한 후 정식으로 기수 시험을 보게 된다. 후보생 시험에 합격하기 위해서는 체력이 절대적으로 좋아야 한다. 체육학과에 진학한 나로서는 체력만큼은 자신이 있었고, 몸무게가 문제였지만 극한의 다이어트에 돌입해 48kg을 만들었고, 생애 처음 마른 체형이 되었다(아마 그 시절 내가 했던 노력 정도라면 이 세상에 못 이룰 게 없을 것이다). 그리고 무사히 신체검사를 통과한 후 7대 1의 경쟁률을 뚫고 우수한 성적으로 기수 후보생에 합격했다. 그렇게 나는 꿈꿔오던 대학교 캠퍼스의 낭만은 내 인생에서 지워버리고 곧바로 기수 후보생이 되었다.

교육원 입소 날 최종 합격자 25명이 한자리에 모였다. 입소자를 축하하기 위해 현역 기수들이 그곳에 왔다. 그들을 보는 내 눈은 커질 대로 커지고 입은 다물어지지 않았다.

'여긴 정말 미니어처의 세상이구나!'

나와 함께 입소한 동기생 25명 포함, 수십 명의 기수 선배들 사이에서 나는 장신에 속했다. 어떻게 이렇게 작은 사람들이 많이 모였을까. 아주 약간 통통한 사람도 한 명 없이 모두 날씬했다. 당시 유명했던 선배님들을 말 위가 아닌 땅에서 마주하자 마치 유명 연예인을 축소해놓은 듯한 느낌이 들었다. 군살 하나 없는 몸매는 비율도 좋아서 어느 연예인 못지 않게 멋있었다. 선배들을 보니 후보생을 통과해 반드시 기수가 되어야겠단 생각이 공고해졌고, 2년간의 교육을 마친 후 그 생각을 현실로 이루었다.

이상하게도 평생 콤플렉스였던 작은 키가 기수가 되면서는 말끔하게 사라졌다. 오히려 부모님께 너무 크게 낳아주지 않아서 감사한 마음마저 들었다. 더불어 나보다 키가 큰 사람들이 그다지 더 이상 부럽지도 않았다. 말 위에서만큼은 누구보다 멋있는 나였으니까. 작은 키로 인해 경주마 기수가 될 수 있었고, 기수 생활 은퇴 후에는 경주마를 돌보고 훈련하는 스포츠팀의 감독격인 조교사로 살 수 있다는 것이 감사하고 행복했다. 미니어처의 세상 경마장에서, 더는 나의 작은 키는 콤플렉스가 될 수 없었다. 그곳은 내 꿈을 이루고 나의 자신감과 자존심을 지켜준 공간이었다. 사람은 누구나 저마다의 콤플렉스가 있겠지만, 자신을 어디에 세워두느냐에 따라서 그것이 강점이 될 수도 있다는 걸 다시 한번 깨달았다.

이런저런 일로 기분이 가라앉을 때쯤, 내가 잃은 것보다 얻은 것을 되새겨보곤 한다. 오롯이 내 마음의 소리에 귀를 기울여 좇아왔던 꿈이 나를 이리로 데려놓았다. 그 뜨거운 선택이 콤플렉스로 가득 차 있던 내 삶을 감사의 삶으로 바꿔놓았다. 그리고 이제 나는 또 어디로 가야 할까. 가슴이 쉽게 뜨거워지지 않는 나이가 되었고, 무모하게 어디론가 마구 달려가는 게 힘든 나이가 되었다. 그렇지만 소극적인 삶이 내게 줄 수 있는 건 아무것도 없다는 걸 잘 안다. 오랜 콤플렉스가 새로운 기회이자 감사로 변화했듯 지금 지나는 이 아픔들이 새로운 시작과 선물로 열리기를 기대해본다.

색과 맛, 냄새의 기억이 차오르는 그곳

누구에게나 특별한 이야기가 있는 장소가 있다. 그런 장소는 한순간의 기억보다는 그곳의 맛과 냄새, 색깔로 어느새 조금씩 나에게 스며들어 짙은 추억을 지니게 한다. 그래서 그곳을 지날 때마다 그때의 기억이 떠오르고 그 비슷한 색과 냄새를 느낄 때 그때를 추억하게 된다. 함께 추억을 나눈 그 누구도 남지 않았는데도 말이다. 슬프고 아팠던 기억, 기쁘고 행복했던 기억, 파랗고 빨갛고, 맵고 짜고 달콤했던 기억까지. 함께한 시간이 길어질수록 그런 기억을 간직한 장소는 많아진다. 수많은 장소 중 오늘 주인공은 분당이다.

분당은 내가 하루 중 대부분을 보내고 있는 과천에서 차로 30분 이내로 갈 수 있는 거리다. 차로 분당까지 가는 길은 다양하다. 나는 주로 고속도로를 이용한다. 멈춰 세우는 신호등 없이 원 웨이로 목적지를 향해 고속도로를 달리는 것은 마치 일터를 벗어나 여행을 떠나는 기분을 느끼게 한다. 그렇게 도착한 분당은 나에게 친절하다. 분당 톨게이트 하이패스를 통과하면 "요금 900원이 지불되었습니다."라고 먼저 상냥한 첫인사를 건넨다.

분당의 봄은 파스텔 핑크다. 맛은 히비스커스 티의 기분 좋은 새콤함이다. 따스한 벚꽃 내 가득한 봄의 분당은 헬로키티의 귀여운 핑크보다는 조금은 성숙한 여인의 파스텔 핑크가 어울린다. 여름은 스카이블루, 어디를 봐도 시원하다. 가는 카페마다 창밖의 뷰는 보라카이의 화이트 비치만큼이나 싱그럽다. 그곳에서 나는 커피 한 잔의 여유를 즐긴다. 여름은 사실… 어딜 가나 아이스 아메리카노가 부동의 1순위다. 가을의 분당은 뭐랄까, 쓰면서도 고소한 커피 위에 소복하게 쌓인 하얀 눈을 연상케 하는 우유 거품, 거기에 향긋하고 달콤, 시큼, 깔끔한 시나몬 가루가 흩뿌려진 카푸치노가 딱이다. 하얀 눈을 드러내기엔 아직은 이른, 시나몬 가루가 겨울을 숨겨 놓은 듯한 분당의 가을은 한 잔의 따뜻한 카푸치노 같다.

지금은 겨울이다. 분당의 겨울은 진행형이다. 색깔은 아직 또

렷하지 않다. 장작 나무가 타닥타닥 소리 내며 타들어가는 벽난로 앞, 양털 러그가 깔린 소파에 앉아 있는 느낌이랄까. 묵직한 트리플샷의 따뜻한 아메리카노를 마시고 싶게 한다.

분당은 쓰고, 고소하고 달콤하면서 부드러운 커피를 떠오르게 한다. 그것은 아마도 많은 시간을 카페에 머무르며 보냈기 때문이 아닐까 싶다. 겨울의 분당에서 마시는 커피 맛은 어지간해선 실패하기 힘들다. 머무르는 내내 편안하고 기분이 좋아서 커피 맛이 거슬리지 않는다.

분당은 고단한 내 하루를 위로해주고 나의 내일을 지지해주고 응원해주는 에너지가 있는 곳이다. 내가 어느 장소, 어떤 모습으로 있어도 그 자리에 있어주고 기꺼이 곁을 내어 준, 그리고 여전히 내 편인 이본 언니가 있는 곳이다.

내가 기억하는 분당은 이본이다.

추억에 추억을 입히면 잊혀질까

거의 2년 만인가 보다. 혼자가 아닌 출장을 가는 게. 말 경매 때문에 매주 제주도에 가는 것을 안 동료가 함께 갈 것을 제안했다. 평소와 달리 둘이서 길을 나서다 보니 출발부터 공항까지 오는 길이 무료하지 않았다. 이번 출장은 너무 비즈니스에 치우치기보다는 함께 간 사람과 작은 추억이라도 만들고 오겠다는 계획을 세워본다. 추억에 추억을 덧입히면 지난 추억이 조금은 잊혀질까 싶기도 해서.

이별 직후에는 숨도 잘 쉬어지지 않을 것 같더니 이젠 조금씩 이 삶에도 적응이 되어간다. 지나간 사람과 함께한 공간, 시간에는 그 누구도 들어오지 못할 거라 생각했는데. 아주 소심한 아이처럼 조금씩 조금씩 한 발을 떼고 나오니 새로운 세상이 보인다.

새로운 사람을 만나는 일도, 낯선 누군가와 함께 여행하는 일도, 마치 지옥 불구덩이에 자진해서 들어가듯 불편하고 괴로운 일일 것만 같았는데. 막상 도전하고 보니 뜻밖의 것들이 보이더라. 너무 긴 시간 한 사람의 세상에 갇혀 살았나 보다.

누군가를 사랑할 때는 거기서 나올 용기가 나지 않아서가 아니라, 거기서 나오고 싶지 않은 마음 때문에 머물게 된다. 나도 한때는 그랬지만 이제는 용기가 필요할 때다.

제주에는 지금 비가 오고 있단다. 비행기 안내방송에 마음이 설렌다. 비 내리는 제주의 밤, 오래전 그 추억 위에 새로운 추억을 입히러 가는 길. 옆에서 재잘거리는 동료가 새삼 고맙게 느껴진다. 두려운 마음을 한소끔 내려놓는다. 그게 새 추억에 대한 예의니까.

가면을 벗고 내 있는 그대로의 모습으로

아마 한 번쯤은 감정 노동자가 된 기분을 느껴본 적이 있을 것이다.

마방(돌보아야 할 말들이 있는 나의 일터)에서 조교사는 관리자로서 가장 높은 위치이지만, 동시에 조교사들은 모두 감정 노동자이기도 하다. 매일 말을 관리하고 매주 경기를 치르는 우리는 매 순간 최선을 다하지만, 결국엔 경주 결과에 따라 평가받고 그에 대한 보상 혹은 질타를 받는다. 솔직히 질타를 받는 일이 훨씬 많다. 우승은 늘 단 한 명에게만 주어지는 것이니.

좋지 않은 결과 앞에 설 때면 온갖 비난, 마음을 짓뭉개는 말과 그간의 모든 고생을 헛되게 여기는 아픈 소리가 들려온다. 그러나 기꺼이 그 모든 상황을 감내하며 최선을 다해 응대한다. 때로는 진심으로 미안한 마음이 들 때도 있지만, 뒤돌아섰을 때 분노가 폭발하는 경우도 많다. 인간인데 어찌 그렇지 않을까.

그러나 비단 이 일만 그런 건 아닐 것이다. 수많은 사람이 돈을 벌기 위해, 좀 더 나은 삶을 위해 기꺼이 현재의 그런 아픔들을 감수한 채 살아간다. 내 안에서는 수많은 감정이 뒤죽박죽 얽혀 갈등을 일으키지만 가면도 쓰고 정신 무장도 한 채 또다시 그 앞에 서는 것이다. 나의 경우 여러 개의 가면(쾌활한 가면, 친절한 가면, 인내심 강한 가면, 동정심을 유발하는 가면 등) 중 하나를 바꿔 쓰면서 매일 마주, 즉 흔히 말하는 갑을 응대해야 하는 감정 노동자가 된다.

내가 일하는 직장의 휴일은 월요일, 화요일이다. 경주가 열리는 토요일, 일요일이 끝나는 월, 화요일 이틀이 쉬는 날로 정해져 있다. 하지만 내게는 쉬는 날이 없다. 월요일, 화요일에도 여전히 업무는 계속된다. 마주들로부터 오는 전화는 요일을 가리지 않는다. 혹여 전화를 받지 않는다거나 "오늘 쉬는 날이니 급한 일이 아니면 수요일에 전화 부탁한다."라고 말했다간 밥줄이 끊긴다. 여기는 평판이라는 게 무서워서 쉬는 날에 마주들을 응대하지 않았다가는 거의 직무유기 수준으로 평가를 내린다.

지난 월요일에도 전화가 왔다. 나는 월요일에는 겸임교수로 대학에 나간다. 그날도 수업 중인데 마주로부터 전화가 걸려왔다. 전화를 안 받거나 늦게 다시 전화를 걸면 상대방이 언짢아한다. 바로 전화를 받지 않는다고. 그런 상황을 잘 아는 나는 수업 도중에도 전화를 받을 수밖에 없다. 지난 경주 중에 말이 발굽을 조금 다치는 일이 발생했다. 흔히 일어나는 부상이고 소독만 잘 해주면 금방 나을 수 있는 부상이다. 그런데 마주는 말을 휴양 보내겠다고 억지를 부렸다. 말의 휴양을 반대하는 것이 아니라 말이 어느 정도 회복할 시간을 주고 휴양을 보내야 한다는 조언을 했다. 그런데 대뜸 하는 말이 "전문가 얘기를 듣다가 되는 일이 없다."라는 것이다. 예감이 틀리지 않는다면 말의 휴양을 핑계로 다른 마방으로 옮기겠다는 뜻이 포함된 듯했다.

통화한 마주의 말은 지난해 내가 미국에서 애써 열심히 발품을 팔아 데려온 말이다. 예상한 가격보다 훨씬 저렴하게 데려올 수 있어서 당시 마주는 굉장히 흡족해하고 또 내게 감사해했다. 많은 조교사가 그렇겠지만 본인이 마음에 들어 직접 데려온 말에 대한 애착은 남다르다. 나 역시 이 말에 대한 기대와 애착이 컸다. 그리고 늘 마주는 "끝까지 이 말을 잘 맡아 달라."는 당부를 하곤 했다. 그런데 그날, 즉 쉬는 날 전화가 와서는 아내의 말을 듣기로 했다며 "아파도 지금 당장 휴양을 보내겠다."라는 말 같지도 않은 소리를 하는 것이다. 안에서 올라오는 분노를 최대한 억누르고 냉정하게 할 수 있는 대답을 하고 그가 원하는 대로 해 주겠다며 전화를 끊었다. 수 분간 흥분된 감정이 진정되지 않았다. 곧 흥분을 가라앉히고 찬찬히 생각했다. 어차피 언젠가는 이렇게 내게서 떠날 인연이지 않은가. 그 시기가 지금일 뿐이지. 이렇게 생각하고 보니 상처 난 마음이 조금은 봉합이 된 듯했다.

내가 사는 세상에서 "그게 아니고요." "그건 아니고요."라는 말은 금지어다. 그 말은 곧 밥줄을 끊어내는 자살행위와도 같다. 내 생각을 소신껏 내뱉을 수 없다는 것 역시 가면을 쓰는 것만큼이나 고통스럽다. 맞받아치고 싶은 말은 수십, 아니 수백 가지도 넘지만, 오늘도 나는 참는다. 그것이 나의 일이라는 것을 알기 때문이다.

하지만 많은 경우 이 스트레스를 해소하지 못한다면 어떻게 될까 싶기도 하다. 사람은 내가 '나'로 온전히 존재할 때 가장 행복하기 때문에 가면을 쓰거나 하고 싶은 말을 꾸역꾸역 참을 때마다 불행을 느낄 수밖에 없다. 세상의 수많은 갑은 을이 이런 고통을 당한다는 걸 알까. 어쩌면 그들도 어딘가에서는 을일지도 모르지만.

그래서인지 내가 감정 노동자가 되어 온종일 고통받을 때면 '아… 나는 정말 누군가에게 절대 그렇게 하지 않아야겠다.'라는 생각을 강하게 하게 된다. 가면을 바꾸어 쓰며 살아가는 일이 얼마나 힘든지 나는 잘 아니까.

잦은 출장으로 비행기를 탈 때면 기내에서 고정된 환한 얼굴로 나를 맞는 승무원을 만난다. 그들을 볼 때마다 나는 '저 사람의 웃음은 진심일까?' 의심하기도 한다. 나도 많은 순간 그러지 못했으니 말이다. 그러면서 이해하게 된다. '저런 웃음을 짓기 위해 얼마나 힘들까.'라고. 진상 고객을 만나거나 견딜 수 없는 사람들을 대하려면 나만큼이나 힘이 들 것이다. 나에게 강도가 센 마주라는 '갑'이 몇몇 존재한다면, 그들에게는 수많은 종류의 고객이라는 '갑'이 존재할 것이다. 생각만 해도 머리가 아프다.

때로는 너무 오래 이렇게 살다가 진짜 '나'를 잊어버리면 어쩌나 두려워지기도 한다. 그래서 나를 놓지 않기 위해 노력한다. 글을 쓰며 나를 되돌아보고, 책을 읽으며 거울처럼 나를 비춰보기도 하고, 나의 내면을 진솔하게 들여다보는 등으로 말이다.

어디를 가든 누구를 만나든 감정 노동자가 될 수 있고 나 역시 가해자가 될 수 있다. 어떤 포지션에 있든지 상대방을 조금 배려하고 상대방의 입장에서 생각한다면 감정 노동자의 고통은 조금 덜어질 것이다. 우리 모두 감정 노동자가 아닌 행복 노동자가 될 수 있는 세상이 오길 간절히 바라본다.

어쩔 수 없이 써야 하는 가면 속에
진짜 내 모습이 있다는 걸
잊지만 않는다 해도
우리는 다시 시작할 수 있다.

Part 3

솔직히 말해서
정말 우울하지만,

마음이 힘들면
몸을 움직여봐

'우울증입니다.'

내가 유별나고 예민한 줄 알았다. 그래서 내가 앓고 있는 질병을 숨기기에 급급했고 부끄러워했다. 우울증이라니. 게다가 공황장애, 불안장애, 광장공포증이 함께 왔다. 약을 먹으면 괜찮아지는 '감기' 같은 거라고 선생님은 이야기했지만, 평생 약을 먹어야 할지도 모른다 생각하니 불치병에 걸린 듯 마음이 무거웠다. 그렇게 3년 전 처음 병원에서 약을 처방받은 후 지금까지, 조용히 그리고 꾸준히 치료를 해오고 있다.

마음이 울적해지는 때에 가장 하기 싫은 것이 밖으로 나가는 일이다. 몸을 움직이고, 무언가를 하는 것 자체가 힘들어진다. 때로는 좋아하는 영화를 보거나 책을 읽고, 가벼운 산책을 하거나 기타를 치는 것 자체도 힘들다. 늘 당연하게 생각하며 해나가는 일조차 하고 싶지 않을 때도 있다. 그렇게 한없이 나락으로 떨어질 때면 더 우울한 생각으로 빠져든다. 여러 생각 속에서 머리가 지끈거리며 나를 붙드는 게 힘겹다는 생각이 든다.

이런 나를 그대로 두면 안 될 것 같아서 작년 연말부터 지금까지 약 10개월 동안 거의 하루를 쉬지 않았다. 쉬는 날이면 제주도도 거의 빠지지 않고 갔다. 맡은 학교 수업도 충실히 했다. 목장 이곳저곳을 다니며 미래의 경주마들도 열심히 보았다. 그토록 공포스럽고 힘들어하는 사람을 만나는 일도 지난 10개월 동안에는 피하지 않았다. 용기 내어 부딪혔다. 물론 여전히 힘들고 불안하고 느닷없이 공황도 찾아왔지만 더 이상 겁내지 않기로 했다. 막상 그 상황이 닥치면 치러야 할 신체적, 정신적인 대가와 많은 에너지가 소모됨에도 불구하고 미리 겁먹는 것이 오히려 더 공포감을 키우는 것 같아 '올 테면 와봐라.'라는 식으로 맞부딪히기로 한 것이다.

그런 나의 마음가짐이 좋은 결과를 가져온 건 사실이다. 여전히 마음은 울컥하고 한 번씩 깊은 우울감이 밀려오지만, 해야 할 일을 해내고 내가 살아있음을 확인하는 시간이 많아졌기 때문이다. 글도 좀 더 많이 쓰면서 나를 들여다보는 일을 게을리하지 않게 되었다. 확실한 건 마음이 힘들 때는 몸을 움직이는 것이 답이 될 수 있다는 사실이다.

불안, 우울 같은 감정은 내가 아무것도 하고 싶지 않을 때를 좋아하는 것 같다. 가만히 핸드폰을 보고 있거나 멍때리기를 할 때 그들은 스멀스멀 나를 공격할 준비를 하는 것 같다. 그럴 때마다 이제는 나도 요령이 생겨서 마구잡이로 글을 써대거나 책을 들고 읽거나 밖으로 나가 조금 걷는다. 그러다 보면 우울과 불안한 감정이 어느새 자취를 감춰 버린다는 것을 느낀다.

누구에게나 이 방법이 다 통하는지는 모르겠지만, 혹 나와 비슷한 힘듦을 가진 사람이 있다면 용기를 내어 일단 몸을 움직여 보기를 바란다. 우울과 불안을 마주하는 것도 극복하는 데 많은 도움이 된다. 이렇게 차분히 글을 써나가면서 내가 가진 진짜 우울과 불안이 무엇인지 보게 되면, 그것을 극복하는 데 훨씬 힘을 얻을 수 있게 된다.

우울증을 극복하는 것은 각자만의 답을 찾아가는 과정이 필요하다. 완벽히 '치료되는' 병은 아닐 것이다. 하지만 이 작은 방법들이 삶 속에서 작은 행복도 발견하고, 또 내가 잘 살아가고 있음을 확인하는 길이 될 수도 있을 것이다.

나는 오늘도 몸을 움직인다. 약이 가득 든 봉지를 챙겨 회사로 돌아간다.

내일은 오늘보다 조금은 덜 힘들기를.

우울과의 사투,
그리고 승리자는

이별 후 몇 년이 어떻게 흘러왔는지 모르겠다. 연말쯤 되면 판정을 해본다. 내 긍정적 에너지가 우울을 압도했나, 아니면 우울이 나를 덮쳐 삼켜버렸나. 어떤 해는 방구석에서 한 발도 못 뗄 정도로 처절하게 졌다가 또 어떤 해는 부지런히 글도 쓰고 기타도 배우고 카메라 들고 밖으로 뛰어다니며 언제 그랬냐는 듯 웃기도 했다. 중요한 건 한 해 한 해 조금씩 나는 세상 밖으로 나오고 있다는 것. 무엇보다 글쓰기라는 강력한 무기로 조금씩 저 밑바닥에서 나를 노려보던 우울의 조각들을 날려 보내고 있다는 것. 이것을 완전히 사라지게는 못할지라도 적어도 나는 너를 어떻게 이겨야 할지 그 방법만이라도 알 수 있게 된다면 때때로 져주면서 완전히 지배당하지는 않을 수 있으리라, 기대해본다.

몇 년 전 그렇게 좋아하던 기타도 멈추고 부지런히 배우던 영어도 그만두고 내게 남아 있던 힘이 연필 한 자루 쥘 것밖에 없었을 때. 그해 끝자락에 글쓰기를 시작했다는 건 정말 행운이었다. 글쓰기는 사막의 오아시스였고, 죽은 자를 살려낼 마법의 묘약과도 같았다. 아마 세상이 멈추지 않는 이상 나는 지금 쥔 이 연필을 놓지는 않을 것이다.

이 세상에 완전히 행복한 사람은 없다. 난 자주 우울했고, 인간이 아닌 이들과의 잦은 이별과, 늘 함께하고 싶었던 유일한 사랑과 큰 이별을 하며 아팠지만, 그렇다고 행복하지 않은 것은 아니었다. 때로는 누군가보다는 덜 행복하고 때로는 누구보다 더 행복했을 테고, 우리는 누구나 조금씩은 우울하고 또 조금씩은 행복하며 그렇게 살아갈 것이다.

그때마다 주어진 기쁨과 슬픔을 잊지 않으며 살아야 하기에,
우리는 삶 앞에서 겸손할 수밖에 없나 보다.

이별 후
어느 날의 일기

넷플릭스, 디즈니, 유튜브, 각종 동영상 플랫폼을 온탕 냉탕 왔다 갔다 컴퓨터 마우스만 괴롭히다 다시 한참 허공을 응시한다. 간식을 달라 졸라대며 '야옹'거리는 고양이 울음소리에 잠시 적막이 깨지면 어두운 동굴만은 피해야 하기에 모니터 빛이라도 쫓아 여기저기 어슬렁댄다. 검색창에 몰입감 높은 킬링타임용 액션 영화나 웃긴 유튜브 영상을 찾아보는 노력도 해보지만 눈은 화면에, 정신은 지구 밖 별나라로 여행 중이다.

몸이 불편한 곳도 없고 잘 먹고, 잘 자고 평온한 듯 보이는 일상 같지만 무언가 결핍은 있다. 피가 모자라면 수혈이라도 받으면 되지만 정체 모를 이 공허함은 무얼로도 채워지지 않는다. 불치병이다. 기쁨이라는 감정이 잘 기억이 나지 않는데 혹시 그게 이유일까? 불행하지 않으면 행복한 거라고, 그게 기쁨이라고 위로라도 해야 하는 걸까.

책을 읽고 글을 쓴다고 해서 당장 살 만해지지는 않는다. 단지 여기저기 방황하는 병든 내 영혼을 어떻게든 붙들고 살리고 싶어 매달리는 심정으로 글을 쓴다. 매일 글 한 편을 써보자는 시도는 깊은 산속 절에 들어가 소원성취를 위한 100일 기도를 하는 것과 같다. 그렇게라도 나를 지키고 싶어서.

이제 눈물을 흘리면서 우는 건 그만두기로 했다. 슬퍼하지 않기로 의지를 내는 나를 응원해 보기로 했다. 슬픔도 언젠가는 고갈되겠지. 자주 오락가락하는 약간의 의욕이나 기분 저하는 어느 정도 적응은 되었다. 그런 나를 예민해하지 않기로 했다.

근래 들어 내 상태를 많이 걱정하는 친구가 책 한 권을 보내왔다. 제목은《노인과 바다 따라 쓰기》라고 표지에 적혀 있다. 책도 눈에 안 들어오고 글조차 쓰기 힘들 때는 필사를 해보라는 메시지와 함께 보내왔다.

어떤 방법이든 어떤 시도든 무얼 해서라도 나를 되돌려 놓고 싶다. 무엇보다 나를 염려하며 응원해주고 격려해주는 그들에게 어느 날 환하게 웃는 내 얼굴을 꼭 선물하고 싶다.

그럼에도 불구하고
내려놓고 싶을 때

수요일은 대부분 업무적인 통화가 많다. 더 정확히는 업무 외의 전화 같으면 받지 않고 사적인 전화는 걸려고 시도조차 않는다고 해야 맞을 것이다. 해야 할 것만 하고 덜어낼 건 덜어내는 것이 마음과 몸이 편하다.

오늘 몇 통의 전화를 받았다. 업무적인 전화이기에 받지 않을 수 없었다. 통화 내용 중에는 일에 관한 것이 대부분이었지만 또 다른 이야기도 있었다. 근래 나의 근황을 좀 악의적으로 전달한 직장동료가 있는 듯했다. 복용하는 약 기운의 영향도 있고 컨디션도 좋지 않아 일에 집중하지 못한 건 사실이다. 개인사업자이다 보니 따로 병가를 낼 수는 없고, 원할 때 시간을 가지면 되는 시스템이다. 최근 며칠 간의 휴식을 가졌다. 물론, 출근하지 않거나 할 일을 빠뜨린 건 아니다. 사실 나에게 휴식이라 해봤자 할 일을 모두 하면서 그 외의 시간에 다른 일을 하지 않는다는 정도의 의미다.

예전 같으면 모든 걸 다 쏟아서 일했을 테지만, 휴식기를 가지는 동안 충분히 그러기는 힘들었다. 몸과 마음이 따라주지 않았다. 여행을 갈 수도, 편히 병가를 낼 처지도 안 되었기 때문에 주어진 최선의 방법으로 쉴 수밖엔 없었다. 그러는 사이 타인들은 걱정과 염려를 하는 척하며, 나를 게으르고 문제가 있는 불성실한 사람으로 만들어 험담을 나눴던 모양이다. 정신적으로도 약하고 문제가 있는 사람으로 수군대는 것 같았다. 게다가 이런 상황을 내게 알려준 파트너 역시 악의는 없었지만, 그의 말 속에는 "아파도 할 건 해야지."라는 강한 메시지가 담겨 있었다.

나의 상황을 이해해주는 사회적 관계에 대한 기대치가 낮은 건 사실이다. 그러나 이럴 때면 '힘들다고 이러고 있으면서 이런 소리나 듣는 내가 너무 바보 같네.'라는 생각에 슬금슬금 자책이 올라온다. 믿었던 사람들이 나를 그러한 시선으로 바라볼 생각을 하니 속이 상하기도 한다. 당장 털고 일어나 언제 그랬냐는 듯, 아무 일도 없었다는 듯 다시 열정적으로 일하고 그런 욕을 다시는 먹지 않게끔 해야겠다는 생각도 불쑥불쑥 올라온다. 사회는 이렇게 각박하고, 누군가의 아픔을 알아주기에는 자기 삶을 성공으로 이끌어가는 것이 가장 우선적인 게 현실이다. 어쩌면 아프고 약한 게 죄가 될 수 있느냐에 대한 답이 "그렇다."일지도 모를 정도로 내가 본 세상은 차갑고 무섭다.

하지만 나의 결론은 누구를 탓하고 싶지도, 이런 나를 억지로 채찍질하고 일으켜 세우고 싶지도 않다는 것이었다. 과거의 잘못과 실수로 후회하는 시간, 다가올 미래에 대한 불안으로 힘겨워하는 이 모습도 나이기에 이것을 그냥 덮거나 모른 척하지 않기로 한 것이다.

"예전처럼 밝은 모습 보고 싶어."라며 나를 인정해주는 말을 하는 사람들이 있다. 그들을 떠올리면 힘이 된다. 하지만 그럼에도 불구하고 나를 잠시 내려놓고 싶을 때, 아프고 힘겹고 무거운 내 감정에 잠시 충실하고 싶을 때, 아니, 솔직히 바로 털어내지지 않을 때. 그 시간을 나에게 허락하고 감당하게 하는 것도 내가 살아가는 중요한 방법이다. 그런 시간을 충분히 거친 후에 다시 그 감정들을 극복하고 앞으로 나아가는 것. 그때 비로소 나는 더 단단해지고 진정성 있는 삶을 쌓아가게 된다. 그때 나오는 나의 웃음과 밝은 면이 나를 기다려주고 진정으로 인정해주는 분들에게 보여야 할 나일지도 모른다.

우리는 때때로 많은 일로 인해 힘들고, 쉬어가고 싶고, 나를 돌아보고 싶다. 그 시간을 나에게 충분히 허락해주길 바란다. 각박한 세상 속에서 누군가 그런 나를 손가락질하고, 험담하고, 나약한 죄인이라 욕할지라도. 지금 나에게 가장 중요한 건 나 자신이니까. 대신 그 감정에 함몰되지 말고, 충분히 다독여주고 다시 일어서기를 바란다. 충분히 쉬어야 충분히 일어설 수 있다. 그 힘을 충전하는 시간을 나에게 선물해주길.

20년형을 선고받았습니다

갑자기 비가 쏟아져 내린다. 오후 5시까지 양재역에 있는 스타벅스에서 마주를 만나기로 했다. 지난 일요일에도 경마장 근처 카페에서 한 시간 넘게 대화했는데, 오늘 갑자기 또 만나잔다. 불길하다. 지난 4년간 나에게 네 마리 경주마를 맡긴 분인데 요즘 우리 마방 성적이 최악으로 치닫고 있고 본인 소유의 말도 덩달아 흡족하지 않다 보니 단호한 결정을 내린 듯하다.

경마장에서 위탁 조교사를 변경하는 일은 비일비재하다 보니 이쯤은 충격도 아니다 싶었는데, 5시 정시에 만나서 대화를 나눈 시간은 단 5분. 아메리카노를 시켰는데 반도 채 마시지 않았는데 필요한 대화는 끝이 났다. 4년 동안 경주마를 매개로 나름 끈끈하게 이어온 관계인데 단 5분간의 대화 끝엔 침묵이 흘렀다. 정중하게 인사를 하고 택시를 타기 위해 카페를 나왔다. 퇴근 시간이 얼마 남지 않은 양재역 사거리. 어둑해진 양재역의 빌딩과 차들의 불빛은 비 때문인지, 내 눈에 가득 고인 눈물 때문인지 유난히 번져 보였다. 마음 같아서는 순댓국에 소주 한 병 마시고 이 감정을 위로받고 싶었지만 그런다고 해서 위로가 되지 않는다는 걸 알기에 마음을 얼른 고쳐먹고 집으로 왔다.

한 직장에서 27년을 있었고 앞으로도 불의의 사고나 잘못을 하지 않는다면 20년을 더 있을 수 있는 직업을 가지고 있다. 한편으로는 행운일 수 있지만 어쩌면 평생이라고 할 수 있는 시간을 같은 공간, 같은 시간에만 있다는 게 무섭기도 하다. 지금 내 기분이 그래서일까. 마치 누군가가 앞으로 정년까지 20년이 남은 나에게 이렇게 말하고 있는 것만 같다.

"20년의 징역형을 선고받았습니다."

오늘은 한 끼도 먹지 못했다. 하지만 배가 고프지 않다. 냉장고 문을 불안을 달래는 습관처럼 열었다, 닫았다를 반복한다. 세 번째로 문을 여는 순간 먹다 남은 와인이 눈에 들어왔다. 지금 심리상태에서는 물만 마셔도 체할 것 같은데 비록 순댓국에 소주는 아니지만 먹다 남은 와인으로 나를 위로하고 오늘의 스위치는 일찍 꺼버려야겠다.

누구나 가슴에
작은 구멍 하나쯤은 있다

나의 주중 감정 사이클을 살펴보니 대부분 롤러코스트를 타듯 오르락내리락하지만 주말에 증상이 뚜렷하게 더 나쁨을 확인했다. 아마도 주말에 나의 업무, 즉 경기 결과에 대한 평가를 받다 보니 내면의 우울감에 외적인 요인들이 더해져 감정이 증폭되는 듯하다.

오늘 준비한 경주는 세 개였다. 두 개의 경주는 나름 좋은 성적을 기대할 만한 말이었다. 우승은 못하더라도 2등, 3등 정도는 해주길 바랐는데 하위권 성적을 기록했다. 경주 결과를 보고는 대포알이 가슴을 관통하는 기분이 들었다. 커다랗게 뚫린 구멍에는 통증보다 차디찬 온갖 불쾌한 감정들이 순식간에 들어앉았다. 그러고는 그들이 좋아하는 동굴 속으로 나를 끌고 들어갔다.

캔들워머를 켰다. 희미한 불빛만 남겨놓고 눈을 감았다. 침묵 속에서 울리는 카톡 알림. 스마트폰은 직업 특성상 내 몸의 일부 같은 것이기에 전화나 메시지는 바로바로 확인하는 강박이 있다. 다행히 클라이언트들의 컴플레인이 아니라 안도의 한숨을 쉬었다.

카톡프로필에 직장동료의 생일이라고 뜨기에 오전에 온라인으로 선물을 보냈는데 안부 인사와 감사 메시지가 온 것이다. 갑작스레 발령을 받고 지방으로 내려간 동료인데, 그 역시 나와 같은 질병으로 오랫동안 치료를 받고 있다는 걸 알기에 먼저 연락하기가 잠시 망설여져 늘 주저하기만 하던 터였다. 오늘 그분의 생일 알림 표시를 확인하지 못 했더라면 아마도 내가 먼저 연락하는 데는 더 많은 시간이 필요했을 것이다.

캔들과 캔들워머를 보내며 짧은 메시지를 보탰다.

"당신의 마음, 제가 진심으로 공감합니다. 저도 동굴 속을 나가고 싶은데 쉽지 않네요. 그렇지만 의지라도 있으니 다행인 거죠. 한때는 다 놔버리고 싶었는데 그런 단계는 넘겼으니까요. 시간이 해결해준다고 하는데 꼭 시간만은 답이 아닌 것 같아요. 어쩌면 이미 답을 아는데도 그 답이 틀렸을까 봐, 혹은 시도하기가 아직은 두려운 것인지도 모르겠네요. 그렇지만 어쩌겠어요. 맞는 길인지 아닌지는 가 봐야 아는 거니까요. 요즘은 그냥 딴 세상에 잠깐 나와 있다 생각하고 쉬고는 있는데 그만큼의 대가를 치르는 것 또한 감수해야 하니… 늘 불편한 화살이 가슴에 박혀 있는 듯해요.

아시다시피 저도 지난해 생일이 참 많이 힘들었어요. 생일은 기뻐야 하는데 아픈 기억이 있네요. 많이 힘드시죠? 누군가에게 축하와 함께 선물을 받았을 때만큼은 현재 내가 처한 상황이 아무리 절망적이어도 잠깐 1초의 미소는 지어질 것 같다는 생각이 들었어요. 대단한 선물은 아니지만 당신에게 1초의 미소와 행복을 선물합니다."

답변으로 돌아온 카톡에서 그는 여전히 힘들고 동굴 속에 있다고 했다. 그러나 나의 메시지가 진심으로 위로가 된다고 했다. 그것만으로도 기뻤다. 진심으로 위로가 된다는 그 답이 감사했다.

누구나 가슴에 작든 크든 구멍 하나쯤은 있다. 드러내지 않거나 보이지 않을 뿐. 하지만 유독 내 주변에 우울한 사람이 많아 보이는 건, 나와 그들 사이가 남들에게 드러내고 싶지 않은 아픈 구석을 드러내도 진심으로 위로받고 공감해줄 수 있는 관계라는 믿음이 있어서가 아닐까, 생각해본다.

난 오늘도 역시 글을 쓰면서 충분히 위로받았다. 그리고 누군가 전한 감사하다는 말 한마디가 뻥 뚫린 차디찬 구멍에 작지만 따뜻한 한숨이 되어주었다.

이별
앓이

다시 삶의 여정을 쓰겠다 다짐을 하지만
무엇부터 어떻게 해야 할까.
끝나버린 관계에 처절하게도 미련을 놓지 못하고 있나 보다.

수년간, 영혼부터 온몸에 스며 있는 기억은
무심하게도 점점 더 명료해지고
불쑥불쑥 튀어나오는 오랜 무의식의 습관은
번번이 나의 무릎을 꿇게 한다.

새벽이 오는 소리에 잠에서 눈을 떠보지만
지난밤 꿈의 여운은 꿈과 현실을 뒤섞어 놓는다.
거기서 빠져나오려 안간힘을 써보지만

꽉 움켜쥐고 있던 우울과 불안은
오히려 나를 심연으로 끌어당긴다.

거대한 절망의 파도가 덮쳐올 때는
글을 쓰는 것조차 소용이 없다.
아름다웠던 기억의 날카로운 한숨 한숨은
잔인한 그리움이 되어 목을 조여온다.

지금은 더 이상 글을 쓰는 것조차 힘겹다.

익숙하지 않은 것들에 대한 두려움

낯선 장소에 가는 건 두렵다. 친숙하지 않은 사람을 만나는 일은 더 두렵다. 그런 날이면 전날부터 잠도 못 자고 스트레스를 받는다. 비슷한 어려움을 겪는 사람들이 많겠지만 유독 나는 심한 편이다. 약속장소에 가지도 않은 상태에서 상상만으로도 가슴이 답답해지는 공황과 불안에 시달린다.

얼마 전에는 먹는 약의 효과가 별로 없는 것 같아서 지인 소개로 병원을 옮겼다. 새로 소개받은 병원에서는 여러 가지 검사를 했다. 설문지 조사부터 뇌파검사, 호흡측정까지 세부적으로 꼼꼼하게 검사를 진행했다. 의사 선생님과의 상담 시간도 평소 다니던 병원보다는 길었는데, 내 얘기에 더 귀 기울여 잘 들어주는 것 같았다. 검사결과를 토대로 내 상태에 대해 상세히 설명을 해주셨다. 그런데 평소 내가 알고 있던 내 몸의 상태보다 훨씬 좋지 않았다. 수년간 우울, 불안, 공황을 앓아 오면서 이 모든 건 어쩌면 평생 함께 가야 하는 질병이지 않을까, 라고 생각도 했다. 그런데 의사 선생님 얘기를 듣고는 지금 치료를 하지 않으면 더 악화되어서 사회생활조차 하기 힘들어질 수 있다는 말에 겁이 났다.

내 직업은 나에게 투자를 해줄 마주들을 만나야 하고 말 생산농가에도 자주 방문을 하며 농가 사람들과 친분도 쌓아야 하는 일이다. 또 매주 경기 결과에 대한 평가를 받고 책임을 져야 하는 직업인데 지금 내가 앓고 있는 이 몸 상태로는 무엇 하나 제대로 할 수 없을 것 같았다. 그리고 문득 그런 생각이 들었다. 여기까지 온 건 결국 내 의지 때문 아니었을까. 약을 먹고 여러 도움을 받아도 내 의지가 없다면 결코 나아지지는 않을 테니 말이다.

우선 사람을 만나는 두려움을 해소하고 싶다. 내가 만나야 하는 사람들은 분명 나를 해치려는 사람이 아닐 텐데 난 사람들을 만나기 전에 겁부터 먹는다. 그래서 때때로 술의 힘을 빌려 그 상황을 극복하려고 한 적도 있었다. 물론 술이 사람들과 만나면서 윤활유 같은 역할을 할 때도 있지만 나의 경우는 우선 불안을 잠재우기 위한 수단이었다. 그 순간을 술의 힘을 빌려 모면할 수는 있지만, 결코 좋은 방법은 아님을 잘 안다. 술은 적당히 기분 좋게 마시면 약이 되기도 하지만 과하면 돌이킬 수 없는 치명적인 독이 되기도 하니까.

더 이상 이렇게 살다가는 병의 치료는커녕 사회생활, 직장생활에도 문제가 발생할 것 같은 예감이 들었다. 약을 잘 챙겨 먹고 병원치료를 잘 받는 것도 중요하지만 무엇보다 이 상황을 극복하고자 하는 나의 의지가 필요하다는 생각을 하게 되었다. 어차피 만나야 할 사람이라면 그 시간에 최대한 집중하고 즐기다 오자고. 물론 생각처럼, 말처럼 쉽지는 않겠지만 그런 생각으로 머리와 마음속에 세팅을 하고, 오지도 않은 미래 일로 미리 걱정을 하지 말아야겠다는 마인드도 필요한 것 같다. 걱정해서 일이 사라지지도 않을 텐데. 닥쳐왔을 때 그때마다 슬기롭게 대처한다면, 평소에 불안으로 쓸데없이 소모되는 에너지를 아낄 수 있지 않을까.

타고난 성격을 바꾸기란 힘들다. 낯선 장소, 낯선 사람들 속에서 누구나 잘 적응하는 사람도 드물다고 생각한다. 그러나 언제까지 그런 두려움 때문에 해야 할 일을 제대로 하지 못하는 건 안 될 말이다. 더구나 그것이 내 꿈을 이루기 위해 꼭 필요한 과정이라면 나의 성격을 조금 바른 방향으로 바꿔보는 노력을 해보는 것은 어떨까. '나는 원래 이런 사람이야.'라고 스스로를 인정해버리면 한 발짝도 더 나아가는 삶을 살아가지 못한다. 그저 제자리에서 꼼짝도 못 하고 서 있는 겁쟁이밖에 되지 않을 것이다. 어차피 돌파구를 찾아야 한다면 답은 내 안에 있는 것이 아닐까.

돌파구를 찾아야 한다. 요즘 그 생각이 더욱 간절하다. 어떤 상황에서도 겁먹지 않고 당당하게 맞서는 나만의 무기가 있다면 얼마나 좋을까. 불안할 때마다 글을 쓰든 좋은 영상을 보든 운동을 하든 내 삶이 나아갈 수 있는 방향이 긍정적인 방향으로 향할 수 있도록 강력한 루틴을 만드는 게 우선 필요한 것 같다.

마음이
고장 났대요

"마음이 심하게 고장 났어요. 약을 먹었다 안 먹었다 마음대로 하시면 큰일 나요."

나는 마음이 고장 난 사람. 책을 읽고 글을 쓰면서 약의 힘에서 조금은 벗어나고 싶은 마음도 있었다. 글을 쓰면서 많은 도움을 받고 있기는 하지만 아직은 그걸로 부족한가 보다.

지난 2박 3일 동안 제주도 출장을 다녀오면서 증상이 심해진 걸 느꼈다. 주위 사람들의 소리가 들리지 않았고, 아무 생각이 떠오르지 않았으며, 눈을 뜨고는 있지만 앞은 캄캄한 암흑이었다. 세상이 닫힌 듯했다. 글을 쓰면서 잘 이겨보리라 극복해 보리라 얼마나 간절히 다짐했는데… 한순간 와르르 무너지는 나를 그 무엇으로도 일으켜 세울 수가 없었다.

헤어진 사람과 마주칠 수밖에 없는 물리적 공간에 있어야 하는 시간들. 무너지는 마음을 붙잡고 초 단위로 그 시간을 버티려고 안간힘을 써보지만 깊게 박힌 기억의 무게는 나를 비웃듯 눌러버린다.

약을 꾸준히 먹기로 의사 선생님과 약속을 했다.
살아야 하니까.
살아서 들어야 할 얘기가 있으니까.

나아야겠다.
다시 펜을 들어야겠다.
고장 난 내 마음을 다시 들여다보아야겠다.

다시 쓰는 고독

올해 들어 가장 추운 날이라고 하더니. 새벽 공기는 숨을 들이쉴 때마다 머리를 꽝꽝 얼려버릴 듯 차갑다. 안전 점검을 위해 경주로 훈련 개방 시간을 단축한다는 공지 사항을 확인하고 일찍 경주마 훈련을 끝냈다. 오늘은 마침 경주가 오후에 편성되어 있어서 오전에는 약간의 여유가 있었다. 날씨가 추운 탓에 몸에 한기도 느껴지고 오래간만에 기수들이 사용하는 사우나에 가볼까 하는 생각이 들었다. 경주마 기수들은 체중조절이 필수인 직업이기에 기수들이 사용하는 건물에는 사우나 시설이 잘 갖추어져 있다. 주말에는 기수들이 오전 일찍부터 경주를 위해 경기장으로 가 있을 시간이라 주말 오전 시간 사우나 시설에는 나 혼자 있는 경우가 대부분이다. 편백나무 향이 가득한 건식 사우나, 보글보글 버블이 올라오는 온탕과 미니 수영장 같은 냉탕을 혼자 왔다

갔다 하며 누구의 눈치 볼 것 없이 맘껏 호사를 누릴 수 있다.

오늘은 평상시와 다르게 부산에서 기수로 활동하는 후배 기수를 사우나에서 만났다. 후배가 서울에서 열리는 큰 경주에 출전한다는 건 알고 있었지만 이렇게 사우나에서 마주칠 줄은 몰랐다. 멀리 떨어져 지내다 보니 자주 만나지는 못하지만 시간 날 때마다 안부를 묻고 연락하는 사이라 예정에 없던 만남이 서로에겐 무척 반가웠다.

후배는 안 그래도 내게 만나자고 연락을 할 참이었다고 했다. 내 얼굴을 한참 동안 빤히 바라보더니 한마디를 한다.

“선배, 많이 지쳐 보여요.”

그러면서 덧붙이는 말이 작년 이맘때쯤에도 이런 모습이었다고. 그런데다가 최근에는 SNS 계정까지 자취를 감춰버려 무슨 사달이 났구나 걱정을 했다고 한다. 내가 마지막으로 올린 피드가 마음에 걸렸다고. 난 사실 기억도 가물가물한데 그 후배에겐 맘에 걸리는 무언가가 있었나 보다. 나를 염려해주는 후배가 고마웠다.

후배는 동료 기수와 결혼을 해서 곧 있으면 네 살이 될 아들과 단란한 가정을 이루고 있다. 달리는 경주마 위에서 매주 결과로 평가받는 냉정한 승부 세계에서 버티려면 혼자서는 힘들다는 후배의 말. 자신은 배우자가 있고 자식이 있어서 그들이 이 세계에서 버티는 데 큰 힘이 된다고 했다. 그러고는 "선배는 근처에 돌봐 줄 가족도 없는데 연애도 안 하고 있으니 맨날 그렇게 우울하고 힘든 거예요. 연애라도 하세요. 그래야 버텨요."라고 한다. 난 그저 소리 없는 미소만 지었다.

만 18세가 지나자마자 부모님 품을 떠났고, 지금껏 가족과 함께 지낸 적은 없다. 20대 초반까지만 해도 가족이 그리워 쉬는 날이면 서울에서 멀리 떨어진 지방이라도 잠깐씩 짬을 내어 부모님을 찾아뵙곤 했지만, 점점 그 횟수가 줄어들었다. 시간이 지나면서 내 삶도 조금씩 변하기 시작했다. 새로운 사람들도 만나게 되고 가족보다는 타인과 함께 보내는 시간이 부담도 없고 편했다. 아마 얼마 전 헤어진 사람과 가장 많은 시간을 보낸 것 같다. 실은 이별이 오기 전까지 나는 정말 외로운 게 뭔지 몰랐을지도 모른다. 순간순간 외롭다는 감정이 들 때도 있었지만 지금 생각해보면 진짜 외로움이라기보다는 심심함과 외로움을 혼동한 것 같기도 하다. 심지어 SNS 활동도 활발했으니.

그런 내가 이렇게 외로움에 취약할 줄이야. 지금 나는 너무도 처절하게 외로움의 삶을 견뎌내고 있다. 그 어떤 방법으로도 극복할 수 없는 외로움은 심각한 우울증을 내 곁에 데려다 놓았다. 일로 성과가 날 때 맛보는 기쁨도 잠시, 나의 외로움과 우울을 이기지는 못했다. 이별의 후유증으로 발견한 나약한 나 자신이 마치 인생의 패배자 같았다. 누군가와 만나 수다를 떨고 몇 시간 동안 전화기를 붙들고 대화를 해도 막상 혼자 남겨진 공간은 공허함만 더 커져갔다.

오늘 만난 후배와의 대화가 잊히질 않는다. "외로워서 그래요. 연애라도 하세요." 나는 속으로 내 인생에 더 이상의 연애는 없다고 맘속으로 중얼거리며 엷은 웃음으로만 답을 했다. 사람 앞일은 모른다지만 지금 당장은 이 이별이 빨리 끝나기만을 간절히 바랄 뿐이다. 또 한편으로는 그저 시간만 흘려보내는 외로움이 아닌, 의미 있는 고독을 곁에 둬보는 건 어떨까 생각해본다. 그동안 외로움과 술과 눈물과 함께했다면 이제는 그들과도 이별하고 고독과 책과 글쓰기로 그들을 대신하기로.

나에게 외로움은 견뎌야 할 고통이었지만 고독은 즐길 수 있는 대상이 될 것도 같다. 책과 놀고, 글을 쓰며 살아가는 삶이, 다시 일어설 수 있는 새로운 길이라면 기꺼이 고독을 즐겨야지.

나를
찾고 싶어요

나는 나를 찾고 싶다.

이별이 그를 데려갔지만,
나를 데려가지는 못한다.

잃은 건 그인데 마치 나를 잃은 것처럼
오랜 시간 방황하다 거울을 보았을 때

오래전 트랙 위에서 말을 타고 달리던
뜨거운 가슴의 나 대신
삶의 예쁜 무늬들은 모두 지워지고
형체를 알 수 없는 흑백의 바랜 선들만 남았더라.

그래서 나는 나를 찾을 것이다.

그가 떠난 후에 남긴 이야기들이,
이젠 내 삶에 아련한 무늬로 새겨질 수 있게.

이별이 더는 나를 앗아가지 못하게,
난 이곳 내 곁에 남을 것이다.

1999년 7월
어느 날의 편지

김주영 선생님께.

무더위의 계절 7월입니다. 이마에 송골송골 맺힌 땀을 닦아 가며 수업을 하시던 선생님이 오늘따라 어찌나 보고 싶던지.

시간, 장소 가리지 않고 모래 마장 앞 벤치에 앉아 이렇게 선생님께 편지 한 통 올립니다.

경마장 안에서만 생활하다 보니 평소에 그냥 옆에만 있어주던 사람의 손길이 너무 그립습니다. 그런 그리움, 외로움을 달래고자, 또 여기서의 제 생활도 알리고자 선생님께 편지를 씁니다.

저는 여기 과천 '서울 경마공원' 뜨거운 모래 마장에서 오전엔 말을 타고 오후에는 고등학교 수업처럼 강의실에서 학과 수업을 받으며 열심히 생활하고 있습니다. 이론 수업을 받을 때면 선생님 생각, 친구들 생각, 고등학교 시절 추억들이 많이 떠오릅니다.

지난 6월 한 달 동안은 외출, 외박도 없이 단체로 야외수업을 나가는 것 외에는 경마장 속에서만 생활을 했습니다. 생전 해보지 못한 단체 생활, 꽉 짜인 일과 외부와 차단된 생활이 처음엔 무척 힘들었지만 지금은 적응을 잘해가고 있습니다. 그달에는 정신교육도 무척 많이 받고 힘든 극기훈련도 하고 말과 처음 접해 보기도 하고 생소한 일을 많이 해봤습니다.

7월에 와서는 1주일에 한 번 외박도 있고 여기 생활에도 익숙해지고, 개인적인 생활에 제약도 많이 받지 않아 상당히 생활하기가 수월해졌습니다. 지금은 오히려 밖에 나가서 생활하는 것이 더 낯설 정도로 여기에 적응이 되었습니다.

저는 새벽 5시에 일어납니다. 5시에 일어나서 6시까지는 세수하고 숙소 정리를 하고, 6시가 되면 30분 동안 아침체조와 구보를 합니다. 그리고 6시 30분부터 8시까지는 마방, 즉 마구간 같은 곳에 가서 말밥을 주고, 물도 주고 배설물도 치우고 짚도 깔아주고, 마지막으로 마방 전체 구역 청소가 끝나면 아침 식사를 하러 갑니다. 9시까지는 좀 쉬다가 9시부터 9시 30분까지는 말을 타고 나가기 위한 준비 작업을 하고, 9시 30분이 되면 제가 타고 갈 말을 끌고 마장으로 나가 11시까지 기본 마술 수업을 받게 됩니다. 이 시간이 끝나면 일과가 거의 끝난 거나 마찬가지입니다.

종일 무척 긴장을 하고 있어야 해서 말을 타고 내려오면 몸에 기가 다 빠져나가는 듯한 기분이 들 정도로 힘이 듭니다. 11시부터 12시까지는 말 목욕을 시킵니다. 아침, 점심밥도 이 시간에 줍니다. 여기서는 사람보다 항상 말이 우선이기 때문에 말밥을 먼저 주고 제가 밥을 먹으러 갑니다. 점심을 먹고 2시까지는 휴식 시간인데, 이 시간에 잠도 자고 책을 보기도 하고 이렇게 편지도 쓰곤 합니다.

휴식 시간이 끝나고 2시부터는 이론 수업을 받거나 체육 활동을 하게 됩니다. 주된 학과 과목인 마학입문, 사양학, 영양학. 질병, 장제, 해부생리 영어, 윤리 등의 수업을 받고 체육활동으로는 낙법 교육, 수영교육을 주로 받고 때때로 스케이트, 겨울엔 스키, 가끔은 볼링, 테니스 수업도 받습니다. 이렇게 5시까지 오후 수업을 마치고 6시까지는 말에게 저녁밥과 물을 주고 6시 15분까지 훈육 교관님과 종례를 하게 됩니다. 그러고 나서 저녁식사를 하고 바로 숙소로 들어옵니다.

숙소에 들어와서 9시까지는 자유 시간을 갖게 되는데 이 시간에는 개인적으로 휴식을 취하든 헬스장 가서 운동을 하든 당구장, 탁구장, 노래방, 음악 감상실에 가든 각자 취미생활을 합니다. 9시 30분이 되면 점오를 하고 10시쯤에 잠자리에 들게 되면 하루가 끝나는 것입니다.

그 옛날 고등학교 시절엔 그 생활이 저에겐 무척 힘들고 짜증스러웠는데 여기 와서 생활해보니 그때 그 고생은 아무것도 아니란 걸, 그리고 제일 편안했던 시절이 아니었던가도 싶습니다. 정말 힘들어 눈물이 날 지경에 이르러도 2년 동안 열심히 교육받고 2년 후에 정식 기수로 데뷔한 그런 멋진 저의 모습을 상상해 가며 하루하루 보람되게 보내려고 무척 노력하고 있습니다.

처음 말을 타서부터 3주 정도는 엉덩이가 까져서 피가 나고 손가락에 물집이 생겨서 기본적인 움직임에도 불편을 느꼈습니다. 허벅지에는 피멍이 들었는데 아직까지 나을 조짐이 보이지 않습니다. 군살이 배긴 곳은 이제 포기를 하고 관리를 하지도 않습니다. 이 정도쯤이야 하고 그러려니 하고 넘겨 버립니다. 가끔은 말에 밟히거나 물려 상처를 입기도 하는데 어떤 동기생은 말에 밟혀 발톱이 빠지는 경우도 있었습니다. 저는 아직 거기까지는 가보지는 못했습니다. 다행히도.

말이라는 동물은 겁이 많은데 그만큼 자기 보호 본능도 강하다고 합니다. 그래서 본능적으로 뒷발질을 하는데 뒷발에 한 번 차이면 사망 아니면 잘해야 중상입니다. 그래서 항시 말을 대할 땐 경계를 해가면서 대합니다. 그리고 말은 자기를 아주 예뻐해주고 맛있는 각설탕이나 당근을 많이 줘도 개만큼 주인을 잘 알지 못합니다. 기억력도 무지 짧아서 자주자주 예뻐해주고 애무해줘야 그나마 얼굴을 알고 장난도 치고 그럽니다.

저에게도 애마가 한 마리 있습니다. 이름은 '더 루키'입니다. 성별은 거세마고 뉴질랜드 출신입니다. 더 루키는 각설탕을 무지 좋아하는데 제가 각설탕을 구하기 위해 식사 때마다 식당 구석에 가서 각설탕을 훔쳐 오는 나쁜 버릇이 생기게 되었습니다. 그 불안함 긴장감을 안고 각설탕을 훔쳐 와서 더 루키에게 주면 주인의 수고는 십분 헤아리지 못하고 먹고는 또 달라고 제 손을 툭툭 치고 머리로 손을 계속 가리키고 그럽니다. 그런 모습을 보이면 뭐 이런 말이 다 있나 싶어도 왜 그리 귀엽게만 보이는지. 선생님은 이런 기분 모르시겠지요.

처음엔 말이 겁나기도 하고 거부감도 들었는데 애마가 생기다 보니 지금은 말이 제게 가장 좋은 친구가 되었습니다. 말을 타고 수업을 받을 땐 말에서 떨어지기도 하고 말이 말을 듣지 않아 무척 애를 먹기도 합니다. 그래도 그런 위험성과 두려움을 극복해야지만 훌륭한 기수가 될 수 있다 생각하고 스스로 과감해지려고 애쓰고 있습니다.

선생님께서도 이번에 여성 기수 후보생을 처음 뽑았다는 걸 알고 계시죠? 사실 경마 팬과 여기 관련된 관계자들은 무척 많은 걱정을 하고 있습니다. 과연 여자들이 잘 해낼 수 있을지. 여자로서 첫 기수로 시작하는 상황이다 보니 주위의 기대가 너무 큽니다. 그만큼 부담도 되고.

하지만 선생님! 저 성공하는 날까지 끝까지 지켜봐 주십시오. 실망시켜 드리지 않을 자신 있습니다. 선생님께 이외에도 들려 드리고 싶은 얘기, 하고 싶은 얘기가 너무 많은데 다음에 찾아뵙고 더 많이 들려 드리겠습니다. 혹시나 편지 내용이 너무 진부하진 않았는지 걱정이 앞섭니다.

7월 말이면 여름휴가가 주어집니다. 그때 꼭 찾아뵙겠습니다.

선생님. 저는 내일을 위해, 더 나은 미래를 위해 하루하루 열심히 정말 열심히 최선을 다해 살겠습니다. 다시 찾아뵙는 날까지 안녕히 계십시오.

또 소식 전하겠습니다.

1999년 7월 9일 금요일

제자 올림

목숨을 거는 일도 언젠가는 끝이 나고
목숨을 걸었던 사랑도 언젠가는 끝이 난다.

그렇게 매달려도 영원한 건 없단 걸 알면서도
다시 내 모든 걸 걸 수밖에 없는 건

난 그렇게밖엔 할 줄 모르는 사람이기 때문이다.
나는 그 어떤 순간에도, 끝을 생각하지 않기 때문이다.

Part 4

그래도
잘 살아내고 싶어

나의 주홍글씨와 글쓰기

오래도록 앓고 있는 병이 점점 나아짐을 느낀다. 느닷없이 들이닥치는 공황은 여전하지만, 우울과 불안 증세는 점점 호전되어 가는 듯하다. 상담과 약물치료도 성실하게 잘해오고 있다. 일과 일상생활에서도 조금씩 자신감이 생긴다. 무엇보다 술을 절제할 수 있게 되었다. 더 이상 술에 지배당하지 않는다는 사실이 뿌듯하다. 술을 끊지는 못했다. 사실, 완전히 끊고 싶지는 않다. 억지로 끊거나 절주하려 하다 보니 오히려 강박감이 생기기도 했다. 술 생각이 더욱 나거나 술에 집착해 급기야 사고로 이어진 경우도 여러 번 있었다.

사실, 내 삶은 술로 인한 많은 문제들이 있었다. 날마다 술을 마시던 나를 거울에 비춰볼 때면 온몸에 흉측한 문신이 새겨진 것 같았다. 술은 나에게 주홍글씨였다. 언제나 이 문신을 지워버리고 싶었다. 일에서도 생활에서도 나 자신에게 늘 이겼지만, 술과의 싸움에서는 항상 지기만 했다. 게다가 지난 몇 년 동안은 이별로 인해 더욱 방황의 나날을 보내야만 했다. 평소 술을 즐겨 마시기는 했지만, 이별은 나를 더 술에 의존하게 만들었다. 나는 일도 제대로 할 수 없었고, 정상적인 생활도 힘들었다. 24시간 술에 의존한 채 인생을 포기하고 살았다. 그런 나를 친구들은 안타까워했고, 나중에는 그들도 나로 인해 힘들어했다. 그들 역시 나와 마찬가지로 삶의 무게를 버티며 꾸역꾸역 살아가고 있었을 텐데, 나까지 봐주기란 버거웠을 것이다.

마음의 병까지 얻으며 나는 피폐해질 대로 피폐해졌고, 나 자신을 더욱더 미워하게 되었다. 더 이상 친구들도 찾지 않고 홀로 나만의 동굴 속에서 수개월 동안 우울과 외로움을 버텨야 했다. 더는 삶을 살아갈 가치조차 느끼지 못했다. '이대로 그냥 삶을 끝내는 게 나을까….' 이런 생각을 하다 보니 문득 내가 키우는 두 마리 고양이가 떠올랐다. '내가 없으면 깐부와 던킨은 어떡하지?' 내 곁에서 함께 잠들고 깨는 이 친구들이 걱정되기 시작했다. 무엇보다 내 얘기를 가장 많이 들어주는 친구들을 두고 가자니 마음이 아파왔다. 이들에게는 무슨 얘기든 할 수 있었고, 울어도 웃어도 힘들어도 이 고양이들이 내 곁에 있어 주었다고 생각하니 고마움도 밀려왔다.

'이런 생각들을 글로 남겨보는 건 어떨까.'

이때를 시작으로 나는 조금씩 서툴지만 글을 쓰기 시작했다. 그런데 신기하게도 마음이 편안해지는 것을 느꼈다. 무엇보다 사람들과 대화하는 것보다 훨씬 나 자신에게 솔직할 수 있어서 좋았다. 마치 거울 속에 비친 나 자신과 진솔한 대화를 하는 기분마저 들었다. 글을 쓰면서 나를 볼 수 있었다. 지금의 내 모습을. 지금의 내 마음을 가감 없이 들여다볼 수 있었다.

글로써 찬찬히 나는 내 얘기를 들어주기 시작했다. 내면의 나와 대화한다면 부끄러울 것도 없고, 거리낌 없이 질문도 하고, 거칠 것 없이 대답도 가능하지 않던가. 누구보다 나 자신을 잘 아는 나와의 진솔한 대화 내용을 글로 표현한다는 것은 '임금님 귀는 당나귀 귀'를 외치는 것처럼 가슴을 뻥 뚫리게도 해주었다.

글을 쓰기 시작하면서 많은 나쁜 습관들 또한 조절되었다. 말을 많이 하기보다는 상대방의 이야기를 경청해주고 내가 하고 싶은 말은 최대한 아껴서 글감으로 이용했다. 말을 많이 안 하고 듣게 되다 보니 말로 저지를 수 있는 실수도 줄어들었다. 무엇으로도 지워지지 않던 마음의 흉측한 문신도 글을 쓰면서 서서히 지워져 감을 느꼈다. 참 신기했다.

글쓰기란 대체 무엇이길래 그런 걸까.

현대인들은 모두 자기 얘기를 들어줄 곳이 없어서 병들어간다. 나 역시 내 삶을 통틀어 많은 사연이 있었지만, 모든 걸 속 시원하게 얘기하며 살지는 못했다. 각자의 사연들로 버티며 살아가는 주변 지인들에게 나의 얘기가 혹시 짐이 되지는 않을까 싶어서. 속 깊은 얘기를 털어놓았다가 오히려 상처를 받은 좋지 않은 경험 때문에 나이가 들어가면서 점점 쉽게 얘기를 못 하게 되었다.

그러나 글은 내 마음을 마음껏 털어놓을 수 있는 도구다. 글쓰기를 통해 내 마음의 소리에 귀를 기울이며 내가 몰랐던 내 생각과 상처를 발견할 수 있다. 글쓰기는 나의 하루를 의미 있게 만들어준다. 특별할 것 없는 평범한 하루 속에서도 기쁜 일, 슬픈 일, 속상하고 우울한 일 등 수많은 감정들이 수없이 내 마음속을 들락거린다. 그런 감정들을 글로 써서 정리하고 하루를 마무리할 때면 마음이 우선 정돈이 된다. 어지러이 떠다니는 감정들은 자취를 감추고 더 나은 내일이 되길 기다리는 마음이 생겨난다.

또한 글은 내 삶의 여정에서 일어나는 하루하루의 기록이 되어 주기도 한다. 그래서 내가 지워지지 않는 존재가 되는 것만 같다.

누구보다 나는 나 자신이 가장 잘 안다. 한때는 마음이 복잡하거나 힘들 때 주변 사람을 만나 술을 마시고, 그들에게 속상하고 힘든 얘기를 하곤 했다. 잠이 오지 않는 늦은 밤이면 지인에게 전화해 괴롭히기도 했다. 그러나 그런다고 해서 마음이 편안해지기는커녕 오히려 공허함만 생길 뿐이었다.

아직도 때때로 약은 필요하다. 하지만 글쓰기를 통해 나 자신과 대화를 하게 되면서 이 병도 많이 좋아지고 있다. 나는 이제 달라지고 있다. 글을 쓰며 나 자신을 더 알아가고 이해하고 가까워지고 있기 때문이다. 나는 이제 그 어떤 친구보다 나 자신과 더 친한 사이가 되어간다. 그래서 요즘은 글 쓰는 시간이 가장 기다려지고 설렌다. 언젠가 거울 속에 비친 내 몸에 새겨진 나의 주홍글씨들도 모두 사라질 거라고, 믿는다.

그
한줄

반가운 손님이 내 방을 찾았다. 서울에서 근무하다 부산으로 발령을 받아 2년 동안 일하다가 다시 서울로 돌아온 분이다. 십수 년간 가깝게 지내고 해외여행도 몇 차례 함께 다녀왔을 정도니 친한 사이라고 해도 될 듯하다. 그녀는 방송팀 PD인데 업무적으로도 함께 할 일이 많다 보니 자연스레 친하게 되었다.

지난 한 주 동안 기분이 더 다운되어 주말에는 글을 한 줄도 적지 못했다. 그날 그녀가 나를 찾아왔는데, 도저히 누구를 만날 상황이 아니어서 죄송하다는 말을 하고는 발길을 돌리게 만들었다. 그녀가 가고 난 후 방문을 열어보니 문 앞에는 따뜻한 아메리카노 한 잔이 놓여 있었고, 곧 "힘내."라는 카톡 한 줄이 날아왔다. 2년 만에 찾아온 손님이었는데 그렇게 보낸 일이 내내 마음에 걸렸다.

그리고 며칠 후. 다시 그녀를 만났다. 우리는 양손을 번쩍 들고 서로를 껴안으며 환영 인사를 했다. 함께 방에서 식사를 하며 서로의 근황에 대한 얘기로 대화를 시작했다.

“여전히 글을 계속 써요?”

아마 작년에 몇 차례 써서 보여준 글을 기억하는 듯했다. 이별의 아픔을 겪은 후 독서에 파묻혀 살다 본격적으로 글을 쓰기 시작한 지 1년쯤 되었다. 독서에도 여전히 열의가 있어 얼마 전에는《내가 가진 것을 세상이 원하게 하라》의 저자인 최인아 작가님을 직접 뵙고 오기도 했다.

“너무 좋아 보여요.”

그녀는 우울하고 힘든 삶의 돌파구로 독서를 하고 글쓰기를 시작한 내가 좋아 보인다고 했다.

“12월부터는 하루에 한 줄이라도 쓰려고 노력하고 있어요.”

“글을 쓰면 어떤 게 좋아요?”

“우선… 내면을 들여다볼 수 있어요. 어떤 것도 의식하지 않고 나 자신과 대화하면 편안해지거든요. 그리고 무엇보다 외롭지 않아요. 말하지 않고도 심심하지 않고, 사람을 만나지 않아도 나 자신과 대화할 수 있으니까요.”

그녀는 내가 어디에 글을 쓰는지 알고 싶어 했지만, 나는 알려주지 않았다.

"아무도 모르는 곳에 글을 쓰는 건 진심 어린 공감과 응원을 받고 싶어서예요. 얼굴도 이름도 나이도 모르는 천사들이 해주는 한 마디가 때로는 더 큰 힘이 되거든요. 요즘은 글쓰기가 살아가는 힘이에요."

나도 모르게 이 이야기를 하며 미소를 지었고, 내 얘기를 듣던 그녀는 너무 좋아 보인다며 자신도 글을 써야겠다고 했다. 반가운 소식이었다. 지난해 그녀도 우울증을 심하게 앓았다. 내가 다니는 병원에 동행하면서 서로의 아픔을 공유했다. 아마 그녀 또한 우울증을 극복해 보자는 의지를 가지고 내게 물어본 것 같다.

그녀에게 한 말은 모두 진심이었다. 나는 더디지만 조금씩 좋은 방향으로 나아가고 있다. 기복은 있지만 이 모든 게 다듬어지는 과정이라는 걸 안다. 이 과정에 가장 큰 영향을 미친 건 바로 글쓰기다. 글쓰기의 한 줄은 웅크리고 있던 내 마음을 열고 세상으로 나올 용기 한 모금과 같다. 자신의 어둡고 아픈 감정에 빠져 있는 사람들은 세상 밖으로 한 발을 내딛기가 정말 힘이 든다. 남들은 "그 한 발을 내딛는 게 뭐가 그리 어려워?"라고 말할 수 있지만, 때로는 죽기보다 힘든 게 그 한 발을 내딛는 것이다.

나 역시 한 줄을 쓰는 것이 아픈 내 마음을 직면해야 하는 것이었기에 처음엔 정말 쉽지 않았다. 하지만 한 줄을 끄집어내면 그다음 줄은 조금 더 솔직하게 꺼내볼 용기가 생긴다. 어쩌면 우울증을 앓고 있는 세상의 모든 이들에게 필요한 것은 바로 이 한 줄의 용기, 한 걸음의 발자국이 아닐까.

편안하게 대화를 하고 점심시간이 거의 끝날 무렵에 그녀는 내 방을 나섰다. 쓸쓸한 그녀의 뒷모습을 보면서 나를 만나러 와준 용기에 감사하는 마음을 가졌다. 그리고 그녀 또한 나처럼 한 줄의 용기를 내길 간절히 바랐다. 이 한 줄이 우리의 긴 터널을 끝내고 밝은 세상으로 나갈 커다란 시작이 되어줄지도 모르니까.

글쓰기 족쇄는
찰 만하네요

매일 한 편의 글을 쓰겠노라 스스로 책임감을 부여하고 지금까지 잘 이어오고 있다. 글쓰기를 시작하고부터 하루 중 가장 중요한 일이 글쓰기가 되었다. 누가 시킨 것도 아닌데 스스로 부여한 책임감과 의무감은 때때로 불편함과 부담으로 느껴지기도 한다. 그럼에도 불구하고 매일 한 편 글쓰기를 꾸준히 이어가고 싶은 이유가 있다.

나의 의지와는 상관없이 기다리지도 바라지도 않은 매일 찾아오는 하루가 싫기도, 지겹기도 한 적이 있었다. 별다르게 특별할 것 없는 하루가 매일 글을 쓰는 삶을 살고부터 똑같은 하루는 없다는 걸 느꼈다. 그날 나의 기분이 다르고, 몸 상태도 다르고, 만난 사람들이 다르고, 무엇보다 나의 감정 또한 다르다는, 평소

의식하지 못했던 사실들을 발견할 수 있었다. 전에는 없던 글 쓰는 근육이 생기기 시작하는 기분도 들었다.

하루도 빠지지 않고 글을 쓴다는 것이 처음에는 생각했던 것만큼 쉽지 않았다. 도저히 무엇을 써야 할지 글감이 떠오르지 않을 때도 있었고 감정 상태가 펜조차 들 의지를 내기 싫을 때도 있었다. 스스로 채운 족쇄에 스트레스를 받기도 했지만, 난 누구보다 나 자신을 잘 알았다. 내가 얼마나 자율에 취약한 불성실한 인간인지를. 따라서 적당한 강제성과 의무감을 부여하는 것이 나를 교화시킬 수 있다는 확신이 들었다.

매주 승패에 대한 결과로 평가받고 즉시 결과의 내용과 질이 삶과 동일시되는 승부의 세계에 살고 있는 나이기에 글쓰기만은 누구의 평가를 받지 않아도 된다는 점에서 자유로움을 느낀다. 글쓰기가 부담되고 불편하지만 포기하지 않는 강력한 이유다.

글을 쓰고부터 알게 된 특별한 것도 있다. 대단한 하루는 아니더라도 내가 보낸 하루가 한순간도 의미가 없거나 허투루 보낸 순간이 없다는 것이다. 기쁘면 기쁜 대로 즐거우면 즐거운 대로, 우울할 땐 우울한 대로 그런 나를 스스로 봐주면서 "내가 오늘 이랬구나." 글로 마무리하는 하루는 희망적이고 긍정적인 마음으로 정리가 되었다. 지난 시간 동안 써온 글들을 보면 물론 우울하고 슬픈 순간들도 있었지만, 글을 쓰겠다는 용기와 시도 자체가 어쩌면 잘살아 보겠다는 강한 의지의 실천일 것이다.

글을 좀 더 잘 쓰고 싶은 욕심도 생기지만 나에게 글쓰기란 포기하고 싶었던 내 삶에 다시 살게 한 신앙과도 같아서 당분간 멈추지 않으려 한다. 운동도 꾸준히 열심히 하다 보면 건강은 물론 멋진 몸매가 만들어지듯이 글도 꾸준히 쓰다 보면 그럴듯한 글로 탄생하는 날이 오지 않을까. 소소한 꿈을 꿔보기도 하면서 오늘 글은 여기까지.

자유는 때때로
승리의 기쁨을 이긴다.

다 알고 있어요

지난 몇 년 동안은 일도 일상도 전부 손에서 놓아버린 채 살았다. 모든 것이 다 무너져 내린 듯했고, 다시 일어설 방법도 몰라 엄두가 나질 않았다. 어떻게 해야 할지. 자신감도 자존감도 바닥으로 떨어져 나의 동굴 속에 갇혀 독서와 글쓰기에만 의존했다. 독서와 글쓰기. 내면을 치유하는 데는 그만한 처방이 없었다.

아주 조금 한 발을 딛고 나왔으니, 이제 나에게는 내 일을 잘 해나갈 수 있는 처방이 필요하다. 지금 이대로 갔다간 성적이 바닥을 칠 것 같은 두려움에 다시 불안과 공포가 몰려왔다. 이런 공포는 글쓰기도 해결하지 못하는 난치병이다. 변화가 필요하다. 변화를 시도하기에 얼마나 많은 용기와 뼈를 깎는 노력이 필요한지 알기 때문에 시도 자체만으로도 두렵다. 잘할 수 있을까. 다시 실패하면 그 좌절감을 어떻게 감당하지…. 안 해도 될 미래에 대한 걱정들로 변화를 시도하는 것이 겁이 났다.

얼마 전 성적이 좋은 마방에서 일했던 친구를 만났다. 그 친구는 이제 다른 일을 한다. 난 그에게 본인이 일했던 마방의 시스템에 대해 묻고 그것을 하나도 빼놓지 않고 메모했다. 그리고 그 시스템을 나만의 방식으로 변화시켜서 시도를 해보기로 결심했다. 성공과 실패는 시도해보지 않으면 알 수 없으니 일단 그 길을 가보는 것이 지금 내 상황에서 탈출하는 유일한 방법이라 여겨졌다. 이런저런 생각들로 머리가 복잡하고 마음도 어지러웠지만 마음을 굳게 먹고 나니 인생을 다시 살아보겠다는 결연한 의지가 샘솟기도 했다.

나는 종교가 없고 신의 존재도 믿지 않지만, 신년이 되면 재미 삼아 운수를 본다. 지인의 소개로 어느 역술가에게 나의 사주와 운세에 대한 풀이를 부탁했다. 꽤 유명한 사람인지 의뢰를 부탁하고 예약 날짜를 받았는데 한 달이 넘게 걸렸다. 약속 날짜가 다가오자 이상하게 떨렸다. 누구도 아닌 내 운명에 대한 이야기이니, 좋은 얘기를 듣고 싶다는 마음보다 나쁜 얘기를 듣고 싶지 않다는 마음이 앞섰다. 풀이가 시작되었고, 꽤 진지하게 이야기를 들었다.

"타고난 운명은 아주 좋네요. 원하는 건 다 이룰 수 있습니다. 단, 가만 있어도 술술 그렇게 된다면 그건 판타지겠죠? 몸에 배어 있는 나쁜 습관과 나쁜 의식, 그리고 극도로 싫어하고 두려워하는 것에 대한 도전과 실천이 필요합니다."

운세를 본다는 건 역시 희망을 붙들고 싶은 사람에게 필요한 용기를 얻는 행위 같은 걸까. 역술가들의 말에는 두려움 섞인 내용도 있지만 희망을 주는 메시지 역시 강하게 담겨 있다. 그들이 우리의 운명을 바꿔줄 수는 없다. 결국 그들의 말 속엔 '자기 운명은 스스로 개척해가야 하며 어려운 일이 닥쳤을 때 좌절하지 말고 다시 도전하라.'는 보편적인 답이 담겨 있다.

답은 결국 내 안에 있다. 내가 이 소심함을 벗고 과감하게 나아갔다면, 이 두려움 때문에 많은 걸 회피하는 대신 실패를 두려워하지 않고 성큼성큼 앞으로 나아갔다면, 나 하나를 지키기에 급급한 이기심에 주변을 돌아보지 못하는 실수를 저지르지 않았다면… 내 삶은 지금과는 정말 다르게 바뀌었을 것이다.

다 알고 있다.

다만 이토록 나약한 내 의지가 자꾸만 내 발목을 붙잡을 뿐.

잭 웰치가 말했다. "당신은 변화해야 하기 전에 변하라."라고. 아마 1년 후쯤, 난 다시 변화하지 못한 나를 후회하고 있을지도 모른다. 어쩌면 나는 이미 '변화해야 할 시점'에 와 있다. 나는 판타지 소설 속 주인공이 아니니까. 이렇게 가만히 있는다고 주어지는 건 아무것도 없을 것이다.

지금 난 너무 우울하지만, 힘겹지만, 그래도 잘 살아내고 싶다. 다 알고 있지만 실행하지 못했던 그 한 걸음을, 조심스레 내디뎌보려 한다.

여자 이방인,
이신우

이방인의 사전적인 의미는 '다른 나라에서 온 사람'이다. 그리고 그 '다름'에는 '문화적인 차이'도 포함될 것이다.

우리 서울경마장에는 세 명의 이방인 조교사가 있다. 프랑스인 조교사, 이탈리아인 조교사, 그리고 여자 조교사 '나'이다. 나는 20세기 말인 1999년에 서울경마장에 왔다. 여성의 사회진출이 활발해지기 시작한 시점인데도 불구하고 서울경마장에는 말을 관리하거나 타는 여성이 한 명도 없었다. 그 어떤 사회보다 보수적이고, 여성의 자리매김이 쉽지 않았다. 2010년 전까지는 외국인 조교사나 여성 조교사가 없었다. 2011년에 한국 최초로 여성 조교사가 탄생했고 그 이후에 외국인 조교사가 한두 명씩 들어오기 시작했다. 현재 43명의 조교사 중 외국인 남자 조교사

두 명과 여자 조교사 한 명이 활약 중이다.

한국의 경마장은 2001년 이전까지 남성의 전유물이었다. 나는 한국 최초의 정식 여성 기수였다. 1970년대 한 여성 기수가 짧은 기간 동안 활동을 했다고는 하는데 40승을 채우지 못해 견습 기수로 마무리했다고 한다. 그래서 한국 정식 최초 여성 기수는 내가 되었다. 당시 경마장에 처음 들어왔을 때는 여성 기수를 위한 화장실도 없었고 전용 샤워 시설도 없었다. 말을 훈련시키고 땀에 젖었을 때는 세면대에 물을 받고 씻었던 기억이 난다. 물리적인 힘듦은 지금 생각하면 재미있는 추억거리가 될 수 있지만, 여전히 보이지 않는 유리벽이 있는 기분이 들 때가 많다. 많은 말들에 앞선 '여성이기 때문에'라는 수식어가 특히 그랬다.

얼마 전 프랑스인 조교사 토니, 이탈리아인 조교사 루이지와 함께 저녁 식사를 했다. 그들은 나와는 조금은 다른 이방인이지만 나름의 고충과 애환이 있었다. 나와 유사한 점 또한 많았다. 가장 유사한 공통점은 사람들이 바라보는 시선이었다. 예를 들어, 성적이 좋아 마주와 팬들에게 인기가 있을 때는 "외국인이고 여성이라 혜택을 받는 거야."라고들 이야기한다. 반대로 성적이 좋지 못해서 질책을 받거나 비난을 받을 때는 "외국인이라 정서와 문화가 잘 안 맞네. 아직 한국 사회에 적응이 안 됐나 봐." "그래, 여자니까 남자들 사이에서 버티는 게 힘들겠지."라며 평가절하를 하곤 한다. 그들의 시선 속에는 우리를 우리 자신으로 인정하고 평가하는 것이 아닌, 남들과 '다름'을 놓고 평가하는 부분이 담겨 있어 늘 속상했다.

잘해도, 잘 못해도 오롯이 나로서 인정받는 게 힘든 것이 이방인의 삶인 듯하다. 남성의 세계에서 여자라는 이방인으로 살아온 삶이 27년이나 되었지만, 여전히 익숙하지 않다. 나도 상대방도.

그럼에도 불구하고 나는 경주마를 타고 달리고 관리하는 일만큼은 누구보다 사랑한다. 그런 일에 대한 열정과 사랑이 있기에 버틸 수 있다. 그리고 여기서 남들과 다른 점을 인정하고 받아들이며 나만의 매력과 개성을 살려 '나'라는 캐릭터를 만들어간다면 그 또한 의미 있는 길이 될 것이다. 여성이 없는 남자 세계에서 단 한 명의 여성으로서 씩씩하게 버티고 살아간다는 것 자체가 누군가에게는 용기와 희망을 줄 수 있을 거라고도 여겨진다.

한편으로는 다른 남자 조교사들 역시 각자의 힘듦이 있지 않을까 싶다. 나보다 힘든 조건과 환경 속의 남자 조교사들을 볼 때면 어쩌면 우리 모두 때로는 각자가 이방인으로 느끼며 살아가는 건 아닌지.

여자로서 남성적인 승부의 세계에서 살아간다는 것. 승부의 세계에서는 누구나 힘들겠지만 힘듦 속에서 나름의 의미를 찾아가며 살아야 누구든 버틸 수 있다. 최초라는 수식어를 달고 없는 길을 개척해가며 긴 시간 꾸역꾸역 버텨 온 삶이 결코 헛되지 않으리란 점은 확신한다. 내가 가는 길을 따라 누군가는 나보다 덜 힘들게 따라올 수 있을 테니 말이다.

이방인. 낯설고 외로운 단어. 경마장에서 살아가는 것이 힘들고 외로운 사람이라면 누구나 자신을 이방인처럼 느낄 수 있을 것이다. 우리는 모두 각각 처한 환경과 상황이 다르다. '나만이 그렇다.' 생각하기보다는 '누구에게나 각자 다른 고충과 애환이 있을 것이다.'라고 생각하면 사람은 다 똑같다. 그 속에서도 흙 속의 빛나는 진주 같은 보석이 되는 것만큼은 오롯이 자기 스스로만이 이루어낼 수 있다.

인생은
선택의 연속

'인생은 선택의 연속'이라는 말이 있다. 우리가 살아가는 모든 순간이 선택이라 해도 과언이 아닐 것이다. 아이러니하게도 그런 선택을 해야 하는 순간에 인간은 가장 많은 스트레스를 받는다고 한다. 그래서 선택장애라는 말도 있는 것일 테다.

나 역시 많은 선택 앞에서 수없이 갈등하며 살고 있다. 선택에 따르는 대가의 차이가 미미하다면 스트레스는 덜할 것이다. 한 가지를 선택하면 나머지는 포기해야 하는 기회비용은 반드시 생겨난다. 그러다 보니 어떤 한 가지를 선택한다는 건 너무나 힘든 일일 수밖에 없다.

나는 선택을 할 때 몇 가지 기준과 원칙이 있다. 우선 물건을 선택할 때의 기준은 이것이다.

'다른 물건을 고르지 않은 것을 절대 후회하지 않을 선택을 한다.'

이런 기준이 있다 보니 물건을 선택할 때는 다른 선택 때보다 스트레스가 덜한 편이다.

그리고 사람을 선택하는 기준도 있다. 사람을 선택할 때는 어떤 관계인가에 따라 선택의 기준이 좀 달라지지만, 기본적으로 이해관계가 없는 사람의 경우에는 다음과 같다.

'내가 좋아하는 사람을 선택한다.'

지난 많은 기억을 되새겨보면 이 선택이 가장 후회가 없었다. 특히 사람의 관계는 한 번 맺어지면 물건처럼 버리면 잊어버리고 사라지는 것이 아니기 때문에 무엇보다 신중해야 한다. 어쩌면 인생을 바꾸어 놓을 수 있는 선택이 될지도 모르니까. 적어도 내가 좋아하는 사람을 선택했다면 후회도 덜할 것이다.

또 어떤 계획을 세울 때 해야 하는 선택이 있다면 그 기준을 이렇게 세운다.

'지금 당장의 이익보다는 향후 5년, 10년, 그 이상 시간이 흘렀을 때 무엇이 더 나을까를 보고 선택한다.'

선택을 해야 할 때는 또 있다. 바로 기회가 왔을 때다. 나는 이 경우, 크게 고민하지 않는다. 어떤 사람은 '이 기회를 잡을까? 말까?'를 고민하지만, 나는 '다음에 하지 뭐.' '다시 또 이런 기회가 오겠지.'라는 생각은 하지 않는다. 기회가 왔을 때는 무조건 잡는다는 삶의 원칙을 가지고 있을 정도다. 그 기회를 선택하고 시간이 흘러 그 기회를 잡은 데 대한 기회비용이 컸다 하더라도 후회하지 않는다. 그 대가만큼의 가치 있는 경험을 얻었다고 생각하면, 기회도 잡고 경험도 쌓는 두 마리 토끼를 다 잡은 효과를 누린 것과 같기 때문이다.

경주마 조교사로서 가장 중요한 일은 말을 고르는 것이다. 어떤 말을 선택하느냐에 따라 조교사로서의 삶의 가치가 달라진다. 또 어떤 말을 선택하든 거기에 대한 대가와 책임이 따른다. 나는 지난 십수 년간 내가 관리해야 하는 경주마를 선택해 왔다. 그중에는 우수한 성적을 내고 조교사로서의 삶을 윤택하고 빛나게 해주는 경주마들도 많았지만 그렇지 않은 경우도 많았다. 선택을 해야 하는 그 순간만큼은 이 선택이 최선이라 생각하지만, 선택의 결과가 좋지 않은 경우도 분명 생겨난다. 그럴 때는 그 경주마와 함께 있는 모든 시간이 고난의 연속이 될 수도 있고 나의 조교사 이력에도 주홍글씨처럼 좋지 않은 이력들이 붙어 오래도록 나를 괴롭힌다. 하지만 내가 선택한 일이었기에 누구를 원망할 수도 없다. 그 미래를 알 수 있다면 좋겠지만, 그걸 누가 알 수 있을까.

한번은 이런 일도 있었다. 두 마리의 경주마가 있고, 나와 다른 조교사가 각각 한 필씩을 선택해야 하는 순간이 온 것이다.

"네가 먼저 골라봐."

마주는 나에게 먼저 선택의 기회를 주었다. 난감했다. 선택해야 할 경주마들의 구체적인 정보 없이 단지 느낌으로 골라야 하는 상황이었기에. 한 마리는 수말이었고, 나머지는 암말이었다. 경주마의 경우 평균적으로 수말의 능력이 우수하기 때문에 주로 수말을 우선적으로 고르는 편이다. 나 역시 두 번 정도 이런 일이 있었는데 그때마다 수말을 선택했다. 결과는 어떻게 됐을까.

뼈아픈 기억이지만 내가 고른 두 번의 수말은 평균 이하의 성적도 못 냈다. 반면, 나머지 남은 두 마리 암말은 그 시대를 대표하는 경주마로 활약했다. 지금은 과거의 일이 되었지만, 그 말들이 경주를 뛸 때마다 나는 견딜 수 없이 힘들었다. 자책도 많이 했다. 나를 아끼는 주변의 많은 사람들은 단지 운이 따라 주지 않았을 뿐 내가 한 선택을 자책할 필요는 없다며 위로를 아끼지 않았다. 그리고 그런 기회는 누구에게나 다시 올 수 있다는 말과 함께 나를 응원해주었다. 그때는 누구의 위로도 응원도 귀에 들리지 않았다. 시간이 흘러 그 순간들을 되돌아보면 내가 기억하지 못하는 반대의 경우도 분명 있었을 것이다.

누구나 살면서 수많은 선택을 하게 된다. 그리고 선택을 해야 하는 그 순간에는 최선이라 생각할 것이다. 매 순간 했던 그 선택이 잘한 선택일지 아닐지는 시간이 흘러야만 알 수 있다. 그리고 우리 삶의 대부분이 선택의 순간으로 이루어져 있기에 우리는 그 순간을 피해갈 수 없다. 매번 스트레스를 받겠지만, 그 순간이 우리에게 주어지는 분명한 이유가 있을 것이다.

예를 들어, 반복해서 잘못된 선택을 한다면 자기 점검과 반성이 필요할 것이다. 또 예상했던 것보다 훨씬 그 선택의 결과가 좋다고 해서 무조건 자만심에 빠져서도 안 된다. 언제나 그런 행운이 일어나는 것만은 아닐 테니까. 선택은 자신이 책임져야 하는 삶의 결과를 불러온다. 그 선택 앞에서 겸손해지고, 또 자기 성찰을 하며 나아갈 때 '선택을 잘하고 못하고'를 떠나 더 나은 삶을 만들어갈 수 있는 건 아닐까.

삶은 후회와 만족의 반복이겠지만, 우리는 그렇게 조금씩 더 나은 선택을 하는 법을 깨달아가는 중인가 보다.

말 리어카, 바나나 우유,
그리고 엄마

말 리어카는 어릴 적 나의 놀이동산이었다.

놀이공원이 없던 어린 시절, 말 리어카 아저씨가 내가 살던 동네에 오는 날이면 어김없이 엄마는 나를 등에 업고 말 아저씨에게 데리고 가셨다. 장사를 하시던 엄마는 놀이터에서 같이 놀아달라며 보채는 내게 늘 미안해하셨다. 그런 엄마에게도 말 리어카 아저씨가 오시는 날은 나만큼 신나는 날이었다. 엄마의 미안한 마음이 조금은 가벼워질 수 있어 그랬을 것이다.

해가 뉘엿뉘엿 넘어가는 주황빛 노을이 질 즈음이면, 엄마는 손에 바나나 우유 하나를 들고 나를 데리러 오셨다. 그리고 말 리어카를 타고 돌아오는 길, 단지 안에 든 바나나 우유를 맛있게 쪽쪽 빨면서 엄마 손을 잡고 있었다.

오늘 경마공원에서 우연히 보게 된 말 리어카. 나의 두 발을 멈추게 했고 한참을 머물게 했다. 그때는 그 앞에 내게 한없이 미안해했던 엄마가 있었다면, 지금은 이 앞에 엄마에게 한없이 미안한 내가 있다. 내 마음이 아직 이토록 아픈 것이, 내가 아직 이별로 이토록 힘든 것이, 오늘은 더없이 엄마에게 미안해지는 날이다.

자유와
무질서

나는 본가가 지방에 있고 또 일 때문에 돌아다니는 일이 종종 있다 보니 KTX를 탈 때가 있다. 지금도 서울역에는 심심찮게 노숙자를 볼 수 있는데, 서울역을 새단장하기 전 2003년까지 사용했던 구 서울역에는 노숙자들이 마치 자신들의 모텔처럼 드나들곤 했다. 그들을 볼 때마다 나는 속으로 '어쩌다가 노숙자가 되었을까?' 생각했다. 보통 사업에 실패하거나 오갈 데 없는 사람들이 노숙자가 되겠지, 하고 생각했다. 그런데 한 기사에서 그런 얘기를 본 적이 있다. 노숙자 중 상당수가 자발적으로 선택했다는 것이다.

박스를 덮고 잠을 자고, 트렁크에 짐을 들고 철새처럼 떠돌면서 먹을 것도 제대로 먹지 못하는 사람들. 씻지도 못해 병에 걸

리거나 죽는 사람도 더러 많다고 한다. 그런데 그런 노숙자이기를 자처한다니, 믿지 못할 일이다. 자발적으로 노숙자가 된 사람들의 얘기를 들어보면, "어떻게 살아야 할지, 어떻게 해야 성공할지, 어떻게 해서 가족을 책임질지 등을 생각하지 않아도 되어서 오히려 편하다."라고 말한다. 처음에는 좀 어색해도 몇 달 지나면 금세 익숙해져서 마치 오랫동안 노숙자였던 것처럼 살게 된다고. 그리고 두 번 다시 정상인으로 돌아가고 싶지 않다는 말까지 한다고 한다. 정말 믿을 수 없는 일이다.

그러나 어찌 보면 삶의 모든 것은 자신의 선택이고, 그 선택은 자유이지 않던가. 누구나 자유를 갈망하듯 나 역시 누구 못지않게 자유롭고 싶다는 말을 자주 한다. 자유는 인간이라면, 특히 민주주의 사회에 사는 사람이라면 누구에게나 주어진 기본권이다. 노숙자가 되든, 성공을 향해 달리든, 산으로 들어가 자연인으로 유유자적 살든 모두가 자신의 선택이다. 그런데도 우리는 왜 때때로 내 삶이 억압받고 있다, 자유롭지 않다고 느끼는 걸까.

특히 나는 내 일에 대해 스트레스를 받을 때, 혹은 내 뜻대로 되지 않는 상황을 겪을 때 '나는 왜 이렇게 억압받고 자유롭지 못한 삶을 살까?'라는 생각을 하게 된다. 누구도 "너 무조건 그 일 해야만 해. 그렇게 살아!"라고 말하지 않는데도, 나는 답답함을 느낀다. 내 일은 내가 결정만 하면 시간도 마음대로 조절할 수 있고, 자유시간을 가질 수도 있다. 나아가 원한다면 당장 이 일을 그만둘 수도 있다. 그런데 나는 가까운 곳에 여행을 가도 마음 편히 있기가 힘들고, 그만둔다는 생각도 쉽게 하지 못한다. 충분히 자유가 주어졌는데도 절대 그런 선택을 하지 못하는 것이다.

플라톤은 말했다. "자유란 내 인생의 주인공이 되는 것을 의미한다."라고. 즉 내가 내 인생의 주인이라면 얼마든지 내가 원하는 선택을 할 수 있다는 뜻이다. 그러나 나뿐 아니라 많은 사람이 현재의 삶과 타협하고, 힘든 상황을 견디고, 원하지 않는 것을 억지로 참으면서도 꾸역꾸역 살아간다. 자유가 주어졌는데, 왜 우리는 그런 삶을 견뎌야 하는 걸까?

모든 자유에는 그에 대한 책임이 따르기 때문이다. 나는 우스갯소리로 이것을 '뒷감당'이라고 표현한다. 가까운 사람 중에는 내가 힘들 때마다 "그러면 그 일 그만두고 다른 일 해도 되지 않아?"라고 말한다. 그러면 나는 "그래도 되지. 하지만 그 뒷감당도 해야겠지."라고 대답한다. 그 뒷감당이란 지금 현재 내가 누리고 있는 모든 자유. 즉, 경제적인 부분, 전문성을 가지고 인정받으며 하는 일에 대한 부분을 내려놓음으로써 내게 닥치는 모든 불이익을 뜻한다. 경제적인 부분에서 자유롭지 못할 수도 있고, 또 새로운 일을 함으로써 지금 가지는 전문성이나 인정을 모두 포기해야 할 수도 있다. 나는 새로운 세상에서 무엇을 하든 그저 신입으로 살아가게 될 테고, 혹자의 말처럼 '이곳과는 색다른, 어쩌면 더 지독한 지옥'을 맛보게 될 수도 있다. 어쩌면 그러한 두려움이 우리 모두의 안에 있기에 쉽사리 현실을 포기하지 못하고 안주하게 되는 것일지도 모른다. 그래서 자유란 '내 삶을 마음대로 선택할 수 있는 권리'이기도 하지만, '어떤 것이든 마음대로 해도 된다'는 의미는 아니다. 내가 자유롭게 선택한 길에 대한 비용, 책임을 모두 떠안아야 한다.

또한 자유를 '무질서'와 혼동해서는 안 된다. 무질서란 '확고하지 못한 상태'란 뜻으로, 어지럽거나 질서가 없는 상황 또는 불안정하고 혼란한 지경을 나타낸 말이다. 나는 그동안 자유를 외치면서도 결과에 대해선 책임회피를 하고, 견뎌야 할 무게에 대해서는 도피하는 삶을 살아왔던 것 같기도 하다. 어쩌면 그것은 자유가 아닌 무질서의 삶이었을 것이다. 그러기에 몸은 자유롭다 착각하지만 언제나 마음이 혼란스러웠고, 불안했고, 나 자신에 대해서도 확신이 서지 않았다.

나를 내버려 두는 것은 결코 자유가 아니다. 그것은 내 안에 내가 중심이 되지 않은 상태, 즉 무질서의 상태다. 따라서 어떤 사소한 일일지라도, 당장 눈앞에 보이는 보상이 아무것도 없다 하더라도 내가 가야 할 길, 해야 할 일이 무엇인지 정확하게 들여다보고 책임을 지겠다는 마음으로 선택하는 것. 그것이 진정한 자유가 아닐까.

한동안 우울한 마음에 혼자 방에 갇혀 내 삶을 원망하거나 자책감에 시달리기도 했다. 이것은 어쩌면 내가 바라지 않은, 나를 그대로 방치해둔 무질서의 삶이었을 것이다. 그래서 나는 내게 주어진 자유라는 이름으로 선택을 해보려 한다. 일단 이 방을 나가는 용기를 내보려 한다. 산책이 되었든 쇼핑이 되었든 혹은 누군가를 만나는 일이 되었든. 그 첫 번째 선택이 나의 진짜 자유로운 삶을 되찾아줄 거라고 믿는다.

절대 바뀌지 않는
삶의 원리

최근 몇 년 전부터 성적이 안 좋아질 거란 예감이 있었다. 그 시간을 나를 위한 성장의 시간으로 사용하지 못하고 마음의 병을 앓으며 보냈기 때문이다. 인간은 누구보다 자기 자신에 대해 가장 잘 알지 않던가. 다만, 자신만 아는 그 사실을 남에게 들키지 않으려 노력할 뿐. 혹은 스스로 '난 그렇지 않아.'라고 자신을 속이고 있거나. 나 역시 그랬다. 분명 상황이 좋지 않고, 그것이 내가 잘못 보낸 시간으로 인한 것임을 예견하고 있으면서, 애써 나를 부정해왔다. 그러나 어느 순간, 그런 나를 자각하기 시작했고, 작년부터 상황을 극복하고 부딪혀 이기기 위해 부단히 노력해왔다. 그동안 '노력'이라는 단어를 쓸 때는 많은 양심의 가책을 느꼈지만, 지금은 그 전에 비하면 떳떳하게 이 단어를 쓴다.

"바보들은 항상 최선을 다했다고 말한다."라는 말이 있다. 이

말에 매우 동감한다. 정말 최선의 노력을 해본 사람은 결코 '최선을 다했다'라고 쉽게 말하지 못하기 때문이다. 노력은 노력한 만큼 보상이 따른다. 그리고 노력은 절대 배신하지 않는다. 이때 노력이라는 것은 진짜 전심전력으로 그 일을 감당해냈을 때를 의미한다. 안 되는 것, 어려운 것, 힘든 것, 이 모든 것을 이겨내는 것. 그러한 노력이 진정한 노력이다. 말로만 '노력할게요' '최선을 다할게요' '열심히 할게요'라고 하는 건 '노력'의 실체가 아니다. 말로만 '노력하고 있다.'라고 말하면서 스트레스를 받고, 괴로워하고, 거기에 대해 생각하고, 또 어쩌다 가끔 지켜지는 것을 보며 스스로 잘했다고 위안 삼는 것. 이것은 진정한 노력이 아니라 '노력하고 있다'는 착각일 뿐이다. 진정한 노력의 실체는 실제로 그 행위를 해내고 인내하고 참아내며 실천하는 것이다. 따라서 '노력을 하려고 하는 것'과 '진짜 노력하는 것'은 다르다.

나는 요즘 '왜 노력하며, 최선을 다하며, 정성을 다하며, 열정적으로 살아야 하는가?'라는 질문을 스스로에게 자주 던진다. 그리고 찾은 가장 근접한 답은 '노력하는 만큼 주어지는 게 삶이니까.'이다. 다양한 직업 중에서도 특히 스포츠의 세계에서 프로는 성과를 내는 만큼의 대가를 얻는다. 내가 종사하는 경마의 세계에서 그런 특징은 더 짙다. 1등부터 꼴찌까지 순위에 따라 그 대가는 명백히 달라진다. 지금 현실의 사회도 크게 다르지 않다. 최선을 다해 열심히 일하고 노력한 결과가 스스로 생각했던 것보다 만족스럽지 못할 수도 있다. 결과는 상대적인 것이라 나 혼자만 열심히 최선을 다한다고 해도 그게 전부는 아니다. '잘하는 것'이 결정적으로 중요하다. 잘한다는 것은 객관성이 담보되는 우수한 성적, 즉 1등을 의미한다. 그것은 사회가 나에게 요구하는 것이며 그 기대에 부응하지 못하면 도태되는 것이 씁쓸하지만 부정할 수 없는 현실이며 사실이다.

올 초부터 노력한 결과의 대가가 당장은 나타나지 않았다. 그런데 최근에 나의 노력에 대한 결과물이 조금씩 보이기 시작했다. 그리고 '나도 할 수 있구나, 하면 되는구나.'라는 뻔한 진리를 새삼 다시 깨달았다.

요즘 일에 대한 성적을 보며, 내 일에 있어 성적과 행복의 불가분의 관계에 대해 새삼 더 절감하게 된다. 어쩔 수 없이 나는 이 일에 열정이 있는 사람인 것 같다. 성적이 좋고 열심히 한 만큼 결과가 나오면 나도 모르게 보람이 생기고 삶에 활력이 생긴다. 내 삶에 주어진 모든 것이 더욱 감사하게 여겨진다. 경주의 결과가 들쭉날쭉할 때마다 일희일비할 때도 많지만 어찌 보면 내 일만큼 노력에 대한 대가가 정직하게 나타나는 일도 없는 것 같다. 그리고 직장이 있다는 것에 대해 새삼 감사함을 느낀다.

경제도 힘들고, 열악한 환경 속에서 일하는 사람들이 너무 많은데 나는 이 환경 속에서 내가 할 수 있는 일을 묵묵히 열심히 해나가기만 하면 좋은 기회들이 많이 주어진다. 이렇게 좋은 환경 속에서 불평, 불만보다는 하루하루 더 감사하며 앞으로 나아가야겠다고 다짐한다.

근래 들어 작지만 긍정적인 생각과 이를 바탕으로 한 한 걸음이 얼마나 중요한지 느낀다. 그 작은 한 걸음의 노력이 나를 조금씩 바꿔가기 때문이다. 그리고 그 작은 변화가 결국엔 나에게 얼마나 큰 변화를 안겨줄 것인지 알 것도 같다. 나를 바꾸고 세상을 바꾸는 강력한 파워는 멀리 있는 것이 아니다. 어쩌면 아주 작은 긍정적 생각 하나와 그 생각을 한 걸음 내딛는 용기. 거기에서부터 시작된다.

지상 최고의
맛집 요리

엄마를 만났다.

지방에 사는 엄마는 설 명절을 맞아 오빠가 사는 의왕으로 오셨다. 과천에 사는 나는 명절에 멀리 마산까지 부모님을 뵈러 가는 대신 나와 가까이 사는 친오빠 집으로 오시는 부모님을 만난다. 오빠는 부모님이 오시면 언제나 기차역으로 마중을 나간다. 사실 나는 오빠만큼 부모님과 사이가 가깝지 않다. 일찌감치 집을 떠나서인지. 오빠는 서른이 훌쩍 넘은 나이까지 부모님과 함께 지내는 시간이 많았다. 그래서 특히 엄마와 오빠 사이는 각별하다. 나보다 살갑게 엄마를 대하는 오빠가 있어서 다행이다.

1년에 거의 한 번 엄마를 만난다. 이번 같은 명절에. 그 의미는 엄마가 만든 음식을 먹을 기회가 왔다는 뜻이기도 하다. 내가 학교에 다니던 시절에는 지금처럼 급식 시스템이 없었다. 몇몇 기숙사가 있는 특수학교를 제외하면 대부분 도시락을 싸 다니던 시절이다. 고등학교 시절에는 하루에 세 개씩 도시락을 싸 들고 다니던 기억이 있다. 고3 즈음에는 내가 워낙 먹성이 좋기도 했지만 야간자율학습을 해야 해서 엄마는 넉넉하게 도시락을 준비해 주셨다. 등교 전에는 하루도 빠짐없이 내가 좋아하는 돌솥비빔밥과 소고기뭇국을 준비해 주셨다. 일반 비빔밥도 아닌 누룽지가 바닥에 눌어붙어서 누룽지까지 박박 긁어먹을 수 있는 돌솥비빔밥. 그날그날 신선한 생선구이도 빠짐없이 상에 올라왔다.

따뜻하게 먹으라고, 엄마는 여름이든 겨울이든 365일 보온도시락에 도시락을 싸주셨다. 밥은 늘 그날그날 지어진 잡곡밥이었고 언제나 따뜻한 국과 고기반찬도 빠지지 않았다. 나의 책가방은 책 대신 도시락 세 개와 간식거리가 들어 있었다. 책은 개인 사물함에 넣고 다닐 만큼 공부에 그리 큰 뜻이 있었던 건 아니지만, 도시락을 먹는 재미가 그나마 학교가 싫지 않은 큰 핵심적인 역할을 한 것은 맞다.

점심시간이 되면 친구들은 내 도시락 뚜껑이 열리기를 기다렸다. 엄마가 싸주신 도시락은 친구들 사이에서도 인기였다. 엄마는 친구들과 나눠 먹으라고 늘 반찬도 넉넉하게 싸주셨다. 맛은 말해 뭐 해. 지상 최고의 맛이었다.

오후 3시 즈음이었을까. 오빠에게 6시까지 집으로 저녁을 먹으러 오라는 연락이 왔다. 엄마와 오빠가 함께 장을 보는 중이니 내가 도착하자마자 저녁을 먹을 수 있을 거라고. 나는 6시 정각에 도착했고, 식탁에는 하나씩 완성된 요리접시가 차려지기 시작했다. 소고기 수육을 보자 군침이 돌았다. 그 모습을 보고 있던 오빠가 한마디했다. "난 돼지 수육파인데 말이지, 너 때문에 엄마가 돼지고기 포기하고 소고기 선택하신 거 아냐." 거기에 내가 좋아하던 비빔밥에, 데친 소라에 나물들까지. 나를 배려한 게 너무 티가 나서 그저 감사한 마음으로 열심히 먹었다.

문득문득 '이 음식을 언제까지 먹을 수 있을까.' 하는 생각이 올라오면 다른 일을 하다가도 가슴이 턱 막히곤 한다. 무뚝뚝한 성격에 365일 따뜻한 밥을 먹으면서도 사랑한다, 감사하다는 말 한마디 못 한 내가 참 바보 같다. 잃어본 후에만 깨달아지는 게 진짜 사랑이고, 알면서도 늘 반복하는 것이 인간이라더니. 나는 언제쯤 철이 들까.

지상 최고의 맛집 요리를 말없이 먹으며, 돌아가는 길에 용기 내어 문자라도 한 통 넣어야겠다고 다짐해본다. "엄마, 곁에 있어줘서 진짜 고마워."라고.

행복이 보이지도 잡히지도 않는 것은 당연하다

크리스마스이기도 하고 월요일인데도 불구하고 경기가 있었다. 이런 경우는 이례적이다. 크리스마스라도 주말이었다면 으레 그렇겠거니 하지만 월요일에 하는 건 올해 두 번이 전부다. 회사 운영상 불가피한 상황이라 받아들이기로 했다.

내가 훈련한 말은 오늘 세 개 경주에 출전했다. 세 경기 중 한 경주는 우승을 기대할 만한 경주였지만 결과는 4등. 예전 같으면 여러 감정으로 스스로를 괴롭혔을 테고, 분함과 질투심으로 끙끙 앓았을 법도 한데 이상하게도 오늘은 무덤덤했다. 그저 경기가 끝난다는 것에 안도가 되었다.

내일은 일주일 중 유일하게 새벽 훈련이 없는 화요일이라 고양이 두 마리를 차에 태우고 크리스마스 저녁을 보내기 위해 가까이 사는 친척 집으로 왔다. 회사에 있는 좁은 방에서만 지내느라 답답했을 아이들. 오래간만에 넓은 복층 아파트를 오르락내리락 뛰어다니며 신나 하는 깐부와 던킨을 보고 있으니 저절로 미소가 지어졌다.

가족들이 준비한 각종 요리와 만찬에 어울리는 먹음직스러운 레드와인은 크리스마스를 제대로 실감 나게 했다. 트리는 없지만 따뜻한 조명으로 나름 크리스마스 분위기를 내고 진한 포도향이 제대로 숙성된 와인을 홀짝홀짝 마시면서 드는 생각이 '음… 제법 행복한데?'였다. 비록 오늘 경주에서 패배했고 연인과 함께하는 근사한 크리스마스 저녁은 아니었지만, 오늘 먹은 삼겹살은 한우 투뿔보다 맛있었고 붉은 와인은 벨벳 카펫만큼 부드러웠다.

TV와 SNS 속에서 연인과 친구들, 가족과 멋진 레스토랑에서 식사를 하고, 양손 한가득 선물을 들고 저마다 행복한 크리스마스를 보내는 모습을 보며 잠깐 부럽기도 했다. 그렇다고 지금 내가 불행한 것도 아닌데 말이다. 역시 타인과의 비교가 불행의 근원이란 걸 다시 한번 깨닫는다.

지금 당장 아픈 곳 없고 배도 적당히 부르고 따뜻한 거실 소파에 기대어 무슨 영화를 볼까 리모콘 버튼만 눌러대도 누구 하나 나를 제재하지 않는 이 공간과 이 순간. 이 또한 행복이다. 내일은 또 어떤 일들이 일어날지, 어떤 일들이 닥쳐올지 알 수 없지만 그건 누구나 마찬가지. 내일 일은 내일 생각하면 된다.

아마도 많은 이가 '행복은 눈에 보이지도 잡히지도 않는다'고 말하는 것은, 그것이 마음속 귀중한 곳에 있어서 그런가 보다.

어떤 이는 세상 모든 걸 다 가져도 불행하다고 말한다.
또 어떤 이는 좋아하는 것 하나만 가져도 행복하다고 말한다.

힘겹게 쏟아낸 빈 공간에는
따뜻한 것들로 채우고 싶어

경마장에 온 지 27년. 누구나 그렇듯 일이 마냥 행복할 수만은 없다. 나 역시 그랬다. 조교사가 되면서 체중조절과 부상에 시달리던 기수 생활이 끝나 다행이다 했지만, 그때와는 또 다른 형태의 크고 작은 힘듦이 닥쳐왔다. 특히 여성이 전무하던 곳에 최초의 여성 기수가 되어 10여 년의 시간을 보낸 후 여성 조교사로서도 최초, 그것도 홍일점으로 14년째 버텨오고 있다. 그냥 닥치는 대로 열심히 해와서 그런지 성적은 나쁘지 않았다. 중간중간 어려움은 있었지만 그래도 나름 잘해오고 있다고 생각했다. 하지만 나이가 들어서인지, 또 다른 아픔 때문인지 어린아이의 어리광 같은 수준이 아닌, 정말 경마장을 떠나고 싶다는 고민을 진지하게 할 때가 있다.

동물을 다루는 직업이다 보니 예측하지 못한 사건 사고가 비일비재하고, 그런 직업의 특성 때문인지 약간의 긴장과 불안감은 아무 일이 없는 시간조차도 기본적으로 지니고 있게 된다. 또 매주 경기 성적에 따라 평가받고 대가를 치러야 하는 승부의 세계에서의 멘탈 또한 신이 아닌 이상 버티기 쉽지 않다는 건 조교사라면 누구나 느끼는 점일 것이다.

누구나 한 가지 일을 오래 몰두해서 해오다 보면 번아웃이 오기 마련이다. 나 역시 잘 버텨왔지만 문득 '이렇게 지내온 걸 앞으로 또 20년을 더 해야 하나?' 하는 생각에 덜컥 겁이 났다. 누군가는 20년이나 남았으니 얼마나 좋냐, 배부른 소리 하지 말라고 하는 사람도 있지만 나는 아니다. 이 일을 할 수 있다는 사실 자체에 대한 감사함을 잠시 미뤄두면, 내 마음 저 깊은 곳에서 이야기한다. '새로운 것을 하고 싶어.'라고. 그러나 지금 당장은 대안이 없다.

이렇게 내 삶에 아무런 대안이 없을 때, 나는 글을 쓴다. 이 시간만큼은 나를 힘겹게 만드는 '일'이라는 시공간으로부터 벗어나 전혀 다른 세상 속에 있게 된다. 글은 내 안에 들어찬 여러 감정을 꺼내놓게 한다. 마치 용량이 꽉 찬 메모리 카드처럼 어딘가 비워 놓지 않으면 무엇하나 입력이 될 것 같지 않아 이렇게 쏟아낸다. 앞으로 얼마나 더 긴 시간을 우리는 달려가야 할지 모른다.

그 시간 속에 힘겹게 다가오는 모든 감정을 꾸역꾸역 내 안에 밀어 넣은 채 갈 수만은 없다. 걸어가다 한 번씩 쏟아내야만 한다. 내 가슴 구석구석에 켜켜이 쌓인 이런저런 감정들을. 그러다 보면 빈 공간이 생기고, 그곳에 또 새로운 것을 쌓게 된다.

이제는 소원해본다. 내 안에 새로 채워질 것들은 한 뼘이라도 더 행복하고, 신선하고, 재미있고, 따뜻한 것이기를. 슬픔이나 아픔, 상실된 것들, 지루한 것들, 잊어야만 하는 것들보다는 말이다. 우리는 누구나 때로는 탈출을 꿈꾸지만, 그 자리에서 결국 버텨내야만 할 때가 많다. 나 역시 그럴지도 모른다. 그래서 지금 이렇게 글을 쏟아내는 시간이 너무나 소중하다. 이 시간이 조금씩 커진다면, 새로 맞이할 삶의 조각들이 좀 더 따뜻하리라 기대해도 좋지 않을까.

Part 5

이별은 내게, 나를 더욱 세게 보듬는 법을 알려주었다

나는 걷고 읽고 쓰면서
다시 태어났다

술에 의존하며 산 지가 20년. 성인이 되고서부터 더욱 즐겨 마시게 되었다. 어릴 적 기억 속의 아버지는 거의 하루도 빠지지 않고 술을 마시고 밤늦게 들어오셨다. 난 그런 아버지 모습이 싫었다. 그런데 성인이 되고 난 후 아버지보다 술을 더 많이 마시는 나를 발견했다.

기수 생활을 하면서 가장 힘든 것이 체중조절이었다. 사실 내 체격 조건은 기수를 하기에는 적절치 않았다. 다른 기수들과의 간격을 좁히기가 정말 어려웠다. 기수 생명에 있어 체중조절은 1순위로 중요하다. 그러나 난 항상 기준치에서 오버되었다. 그래서 늘 식단 조절을 해야 했고 하루 세 끼는커녕 하루 한 끼조차 먹지 않은 채 한여름에 땀복을 몇 겹 껴입고 뜨거운 모래경주로를 매일 달려야 했다. 20대 초반이면 얼마나 먹고 싶은 게 많은 때인가. 나는 하루하루 체중과의 사투를 벌여야 했다. 그럴수록 먹는 것에 더욱 집착하게 되었다. 체중조절에 대한 스트레스가 극심하다 보니, 선배의 위험한 조언에 솔깃해지기도 했다.

"빈속에 소주 반병 먹고 자면 아침에 체중이 빠져."

원래 술을 좋아하긴 했지만 그 이후로는 습관처럼 매일 술을 마셨다. 빠르고 쉬운 방법으로 고통을 잊는 방법을 선택한 것이다. 주위 동료들과 함께 저녁식사 약속을 잡는 일도 내게는 연중행사 같이 느껴졌다. 적게 먹고 날씨와 상관없이 땀복을 겹겹이 입고 거기다 두꺼운 파카까지 껴입고 2시간가량 뛰어야 하는 것이 매일 지옥 같은 숙제였다. 뛰는 것은 운동이 아니라 그저 수분을 빼기 위한 행위일 뿐이었다. 이 모든 것은 기수로서의 생존을 위해서였다. 체중을 줄이고도 뱃가죽이 등가죽에 붙어도 물 한 모금 마실 수 없었다. 핑계 아닌 핑계로 그저 술기운에 기절이라도 해서 잠이 드는 일이 부지기수였다.

술은 달콤한 마약 같았다. 체중조절로 힘든 나를 금방 잠으로 빠져들게도 만들고, 그날 일어난 나쁜 일들도 모두 잊게 만들어 주었다. 기수 생활을 하면서 체중조절도 힘들고 잦은 부상 때문에 빨리 조교사가 되고 싶은 바람이 간절했다. 조교사가 되면 체중 걱정은 안 해도 되고, 부상의 위험도 덜할 테니까. 그래서 나는 이를 악물고 공부했다. 반드시 조교사가 되고 싶었다. 그리고 서른이라는 이른 나이에, 운 좋게도 나는 조교사가 되었다.

조교사가 되기만 하면, 10년을 넘게 먹어오던 술도 내 의지로 조절할 수 있으리라 생각했다. 그런데 이미 오랜 습관이 되어버린 '매일 먹는 술'은 쉽게 조절되지 않았다. 오히려 조교사 생활을 하면서 체중 걱정도 덜하게 되고 편하게 사람들과 만남을 가지다 보니 술자리도 더 잦아지고 먹는 양도 점점 더 늘어만 갔다.

조교사가 되고 나니 감독으로서 책임을 져야 할 범위가 넓어지고, 감내하고 감수해야 할 일 역시 점점 늘어났다. 평소 성격이 내성적이라 티를 내지 않지만 술을 먹으면 쌓였던 감정이나 평소 불만들이 폭발해 사소한 사고부터 큰 사고에 이르는 위험한 순간들도 많이 발생했다. 주변 사람들은 그런 나를 우려했다. 심지어 나와 관계를 끊는 것이 서로 좋은 일이라고 생각할 정도로 인간관계에서마저 위기가 찾아왔다. 맞다. 나는 알코올 중독자였다.

돌이켜보니 10년이 넘게 하루도 빠짐없이 술을 마신 것 같다. 중간중간 술을 끊어 보겠다는 다짐도 여러 번 했지만, 번번이 실패했다. 스스로 한 약속도 지키지 못하고 나 자신조차 믿지 못하는 사람이 되어갔다. 이는 술을 끊는 일을 포함해 다른 일에도 영향을 미쳤다. 본인을 믿지 못한다는 것. 자신을 믿지 못하고 자기 확신 없이 어떻게 리더가 될 수 있단 말인가. 난 어느 순간부터 술보다는 나를 믿지 못하는 내가 걱정이 되었다. 그래서 정말 술을 과감하게 끊어보리라 마음을 먹었다. 물리적인 힘을 빌려서라도.

예를 들면, 술자리에 사람들을 직접 태우고 약속 장소에 갔다가 술자리가 끝나면 그들을 목적지까지 바래다주고 귀가해야겠다는 방법으로 첫 시도를 해봤다. 성공적이었다. 식당에 있는 냉장고 속 시원한 소주와 맥주가 나를 미치게 유혹하는데도 그 유혹을 뿌리치고 첫 성공을 한 것이다. 말로 표현할 수 없을 정도로 뿌듯했다. 앞으로도 잘 해낼 수 있을 것만 같아 감정이 벅차올랐다. 그 이후에도 일부러라도 그런 비슷한 상황을 만들어 나를 시험에 들게 했다. 매번 성공적이었다. 나도 할 수 있었다. 그리고 몇 번의 성공 경험을 무너뜨리고 싶지 않았다. 계속 노력하고 싶어졌다.

술을 끊는다는 것은 내 인생에서 가장 역사적인 터닝포인트라고 해도 과언이 아니다. 술을 먹지 않는 이 시간들은, 내가 바르게 맨정신으로 일어설 수 있는 또 한 번의 인생의 기회와도 같다. 이 기회를 꼭 붙들고 앞으로 나아가고 싶지만, 조교사라는 직업은 자주 내 발목을 잡는다. 그래서 최근에는 '조교사'라는 내 직업에 대해 심각한 고민을 하기도 했다. 동물을 돌보고, 훈련하고, 말과 사람이 함께 팀을 이뤄 희로애락을 같이하는, 너무나 매력적인 직업. 본질적으로는 조교사란 일을 사랑하지만, 사람을 어려워하는 내 성격에는 잘 맞지 않다. 그러다 보니 힘든 일이 있으면 그냥 술에 의존하고 다 잊고 싶어 했다. 만나기는 싫어도 사업적으로 만나야 하는 불편한 사람들은 술의 힘을 빌려 용기를 얻고 만난 적도 많았다.

그렇다고 그만둘 수는 없다. 내가 아는 이신우는 적어도 일에 있어서 타협이 없고 할 수 있든 없든 맡은 건 끝까지 해보고야 마는 사람이다. 중도 포기란 그런 내 인생에선 없는 단어다. 그러다 보니 일로 인해 전화기를 한순간도 손에서 놓은 적이 없다. 마방이 됐든 마주가 됐든, 늘 어떤 상황에든 대비할 준비가 된 사람이어야 했다. 이런 나를 바꿀 수는 없었다. 그리고 직업을 바꿀 수도 없었다. 대신, 더는 술이 아닌 다른 방법으로 나는 앞으로 나아가야 했다.

걱정과 불안 속에서 유독 스트레스를 잘 받는 나. 그런 유리멘탈을 가진 나에게 더 이상 술이 아닌 다른 방식으로 변화의 기회를 주고 싶었다. 마지막 기회라 생각하고 다시 한 번 괜찮은 이신우로, 더 나아가 조교사 이신우로 멋지게 살아보고 싶어졌다.

나는 밖으로 나갔다.

땀복이나 두꺼운 옷을 입고 체중 빼기 위한 고문을 더 이상 하지 않아도 되었다. 가장 편안한 옷차림에 편안한 신발을 신고 뜨거운 모래주로가 아닌 그냥 어디든 걸었다. 자유란 게 이런 것일까. 순간 자유를 만끽했다. 나에게 운동이란, 두껍게 옷을 입고 나가 땀을 비 오듯 흘리지 않으면 문밖을 나가는 의미조차 없는 것이었다. 그러나 내 생각이 틀렸다. 진정한 운동은 몸과 마음의 건강을 다 챙길 줄 아는 것이었다.

'그동안 수없이 뛰었으니 이제는 천천히 주위도 둘러보며 걸어도 돼.'

나 자신에게 이 사실을 알려주고 싶었다. '걷는다는 것'은 단순한 신체활동이 아니었다. 그동안 모르고 있었던 새로운 경험을 하게 해주었다. 걷다 보니 답답하고 복잡했던 마음과 머릿속의 생각들이 정리되면서 비울 것과 채울 것이 분리되는 느낌을 받았다. 그리고 그 시간에 정리된 생각들을 잊고 싶지 않았다. 그래서 기록을 하기로 했다. 그동안의 나는 기록을 하거나 메모, 글 쓰는 것에 익숙한 삶을 살아오지 않았다. 순간순간 메모나 기록은 했지만, 그것들은 여기저기 흩어져 정리되지 않은 상태에서 다시 꺼내 볼 수 없는 쓰레기에 불과했다. 그래서 앞으로는 제대로 기록하고 잘 정리해두고 싶은 욕구가 생겼다.

걷기를 하며 글을 쓰기 시작했다.

머리와 가슴 속에는 쓰고 싶은 이야기들로 가득한데 막상 글로 표현하려니 쉽지 않았다. 누가 보든 안 보든 그건 중요하지 않았다. 오롯이 나를 위한 글쓰기이니 잘 쓰든 못 쓰든 일단 쓰고 정리해서 잘 저장해두기로 했다.

그리고 책을 집어 들었다.

그전에도 책은 자주 읽었지만, 독서량을 더 늘렸다. 독서는 내가 직접 만날 수 없는 수많은 선 경험자나 스승을 만나게 해주었다. 그리고 그들의 가르침이나 경험담을 내 것으로 만들 수 있었다. 독서는 나에게 지식과 지혜, 경험을 안겨주는 가장 가성비 좋은 행위였다.

술을 안 먹은 지도 한 달이 다 되어간다. 남들은 고작 한 달 술 안 먹은 걸로 술을 끊었다고 하냐며 비웃을지 모르지만 나에게 한 달은 1년, 아니, 그 이상과도 같은 시간이다. 20년 만에 처음 찾아온 시간이기 때문이다. 이제는 내 몸에게 술 대신 건강한 음식을 제공하고, 스트레스나 치솟는 화로 복잡해진 머릿속은 글로 다 옮겨 놓는다. 그렇게 편안하게 깨끗이 비워진 머리와 마음은 좋은 명상음악으로 채우고 깊은 숙면과 함께 건강한 내일을 준비하는 삶으로 한 걸음 다가섰다.

나는 걷고, 읽고, 쓰면서 다시 태어났다.

그리고 다시 살아보기로 했다.

나를 가장 힘들게 하는 사람이
결국 나를 버티게 한다

누구에게나 다 그런 사람이 있을 것이다. 너무 미워서 놓고 싶은데, 내 삶에 없어서는 안 되는. 나에게도 그런 사람, 혹은 그런 존재들이 몇몇 있다. 마음 내키는 대로 했다면 다 죽여 버리고 지금 무기징역 혹은 사형수가 되었을 거다. 아마도 그런 사람들은 가족이나 친구이기보다는 나의 밥줄을 쥐고 있는 존재들이 아닐까 싶다. 일명 나에게 '갑질'을 할 수 있는 존재들.

누군가에게는 직장 상사일 수 있고 고객일 수 있고 또 다른 누구일 수도 있다. 어떤 상황이나 일을 하느냐에 따라 다르겠지만 그런 대상은 누구에게나 있을 것이다. 이번 글은 나의 밥줄을 쥐고 있는 존재들과의 관계에 대한 이야기이다.

어릴 적 운동에 소질이 있고 운동을 좋아해서 체육학과에 진학했다. 동물도 무척이나 좋아한다. 운이 좋게도 재능과 좋아하는 것이 잘 맞아 선택한 직업이 경주마를 타고 달리는 기수였다. 그리고 지금은 경주마를 훈련하는 조교사가 되었다. 여기까지만 보면 나름 성공적인 인생이다. 좋아하고 잘할 수 있는 일을 직업으로 가지고 있으니. 그런데 일을 하고 산다는 게 그것만이 전부는 아니다. 마주들에게는 귀한 재산인 '말'을 관리하면서 승부의 세계에서 성과까지 내야 하는 직업인 조교사. 그런 조교사인 나는 항상 좋은 결과로 마주들에게 보답을 해야 한다. 그렇지 않을 경우에는 인간만이 가지고 있는 자존심이 있는 대로 짓밟힌다. 그리고 결과에 대한 핑계, 또는 변명을 댄다면 밥줄이 끊어지는 수순을 밟을 위험이 크다.

결과가 나쁘다고 해서 최선을 다하지 않은 것은 아니다. 모든 일이 마찬가지겠지만 과정이 좋다고 해서 백 프로 좋은 결과로 이어지지는 않는다. 나는 늘 최선을 다하지만 그 결과가 좋지 않을 때도 종종 있어서 그럴 때면 극심한 스트레스를 받곤 한다.

우리는 모두 이루고자 하는 꿈을 꾸고 그 꿈을 위해 열심히 달려간다. 하지만 막상 꿈을 이루고 그 꿈이 현실이 되었을 때는 더 이상 꿈이 아니란 것을 알게 된다. 수십 번 이곳을 떠나 새로운 곳, 유토피아를 꿈꾸지만 그곳마저 내가 바라고 원하는 것만 있는 곳은 아닐 것이다. 어쩌면 지금 여기 경마장이 내게는 가장 행복한 곳일 수 있지 않을까 생각도 든다.

쉬운 것만 있고 극복해야 할 허들이 없다면 성장은 없을 것이다. 물론 자존심이 상하거나 성적이 좋지 않아 위축될 때는 어디든 숨고 싶고 도망치고 싶은 것도 사실이다. 그렇지만 열심히 관리하고 훈련한 말이 경주에서 우승을 해주고 마주를 비롯한 여러 사람으로부터 인정을 받을 때를 떠올리면 그 순간만큼은 세상을 다 가진 기분이 들게 해주는 것 또한 이 직업이다.

때로는 죽도록 밉고, 미워서 떠나고 싶은 그들을 떠나지 못하는 진짜 이유는 어쩌면 더 큰 꿈을 이루기 위해 그들이 필요하기 때문이다. 그래서 나는 그들을 놓지 못한다. 이런 구조의 직업 속에 놓인 게 때로는 감사하다. 더 깊이 생각해보면 그들이 있어 내가 꿈을 꿀 수도 꿈을 이룰 수도 있다. 그들은 함께 꿈꾸고 함께 꿈을 이뤄가는 동반자이자 내 꿈을 이뤄주는 사람들이기도 한 것이다.

결국, 나를 가장 힘들게 하는 사람이 결국 나를 버티게 한다. 그들은 항상 나를 힘들게 하지만, 그 힘듦이 나를 성장하게 하는 원동력이 된다. 만약 나를 편안하게 해주는 사람들만 존재한다면 내 삶은 그저 그런 삶이 되었을 것이다. 성장보다는 안주하는 삶. 조금의 어려움도 이기지 못하는 삶. 한마디로 무르고 내공 없는 삶이 되었을 것이다. 지금의 나는 없었을 것이다.

누구나 하루하루를 버텨내는 삶을 살아간다. 만약 오늘의 상처 찌꺼기들이 나를 가득 채우고 있다면, 앞으로 나는 내일이 오기 전에 그 찌꺼기들을 다 비울 것이다. 그리고 새로운 내일을 준비하고 기다리는 삶의 자세로 살아가려 한다. 상처받은 그 찌꺼기들을 비워내지 못하고 켜켜이 쌓아 둔다면 더 이상 나에게는 성장을 채울 그릇의 빈 공간이 없을 것이다. 그 찌꺼기들이 사람들에게서 받는 상처, 질타, 짓밟히는 자존심이라면 더 빨리 비워내는 연습을 할 것이다. 그리고 언제든 쭉쭉 성장해나갈 수 있는 준비된 내가 되고자 한다.

쉬운 길만 택한다면 나라는 그릇에 조금만 불편한 것이 채워져도 견디지 못할 것이다. 나를 불편하게 하고 나를 힘들게 하는 것. 그것이 사람이 되었든 상황이 되었든 그것들을 극복했을 때 내가 꿈꾸는 '뭐든 이뤄낼 수 있는' 사람이 될 것이다. 어떤 상황이든 나에게 주어진 환경에 대해 감사할 줄 알자. 그 모든 것이 나를 성장시키는 조력자가 될 테니.

나와 사이가 좋지 않으면
누구와도 좋을 수 없다

스무 살이 갓 되던 어린 나이에 사회생활을 시작하다 보니 새롭게 만나게 되는 사람들과의 관계가 과거 학창시절의 친구들과는 차이가 있었다. 어릴 적 친구들은 부끄러움이나 허물없이 내 있는 모습 그대로를 다 보여주고 진실된 속마음을 얘기하더라도 진정성을 가지고 나를 대한다. 그러나 사회에서 만나는 사람들에게는 유리벽 같은 경계가 있는 것 같다. 아무 의미 없이 건넨 작은 얘기 하나가 몇 배로 부풀려져서 비난이나 괴변이 되어 내 뒤통수를 치는 경우도 있다. 생각보다 많은 사람이 남을 칭찬하는 데 인색하고 뒷담화나 비난에 더 익숙하다는 걸 느낀 후 수많은 상처의 흔적으로 사람들을 만나는 것을 두려워하게 되었다. 그리고 점점 나이가 들어가면서 나는 쉽게 마음을 열 수 없게 되었다. 사람에 치여 의심도 많고 두려움도 많은 사람이 되어가고 있었다.

그러나 나란 사람은 한 번 마음을 열고 다가가면 어린아이처럼 바뀐다. 내 모든 마음을 주고 싶고, 그게 아깝지 않다고 느낀다. 작은 하나를 하더라도 온 마음을 담아버리니까. 그러다 보니 상대가 나를 배신하거나 떠날 거라고는 전혀 생각하지 못한다. 그렇게 했던 순간들을 후회하는 건 아니다. 그러나 마음을 줄 때는 상대가 그 마음을 거부하거나 언젠가 그런 나를 외면하고 떠날 수 있다는 사실까지도 받아들여야 하는 것 같다. 우리가 어른이 되어가면서 점점 마음이 움츠러들고 순수하게 사랑할 수 없는 것은 다 그런 이유 때문일 것이다. 상처받기 싫어서. 그래서 마음을 주는 일은 나이가 들수록 힘들어진다. 어린 나이에는 외로움이라는 걸 잘 느끼지 못했고, 외로움이라는 단어조차 낯설었는데.

이별을 지나며 온몸과 마음으로 아파했다. 아무 일도 없었다는 듯 여느 때처럼 살아가는 나를 보며 누구도 그랬으리라 상상할 수 없을 것이다. 아마 이 책을 읽으며 많이 놀랄 수도. 이런 못난 모습을 들키고 싶지 않아 아닌 척하며 견뎌낸 것도 사실이다. 그러나 이렇게 겉으로는 아무렇지 않고 밝게만 보여도 절대 속일 수 없는 존재가 있다. 바로 나 자신이다. 괜찮은 척을 하며 일상을 사는 동안 나는 숱하게도 나를 속였다. 나 자신에게 술을 권하고 루틴을 무너뜨리면서 점점 우울과 불안, 공황은 심해졌다. 무엇보다 그러는 동안 나 자신을 더 미워하게 되었다. '너는 왜 이 모양이니. 진짜 못났다….' 나 자신을 미워하니 자존감도 바닥이었다. 남들이 하는 사소한 말 한마디에도 예민해졌다. 삶의 의미조차 찾지 못할 극한 상황까지 간 적도 있다.

외로움은 누가 채워 주는 것이 아니었다. 솔직한 내 얘기를 가장 잘 들어줄 수 있는 상대도 이 세상에 단 한 사람 나 자신임을 발견하는 순간, 마음속 깊은 곳에서 목소리가 들려왔다. '찬찬히 자신을 살피고 진정 무엇을 원하는지 글로 적어봐.' 그래서 나는 나에게 질문을 하고 그 답을 적어 내려갔다. 내가 나의 상태를 솔직히 적고 들여다보니 신기하게도 외로움이, 불편하고 우울했던 감정들이 조금씩 희석되어 갔다.

사람은 누구나 외로운 존재다. 그 외로움을 누군가로 채우는 건 외로움을 극복하는 완벽한 방법이 아닐 것이다. 그리고 이제는 안다. 타인은 결코 내가 원하는 만큼 나에게 맞춰줄 수 없고, 나 역시 그가 원하는 만큼 맞춰줄 수 없다는 것을. 외로움은 나 스스로와 친하게 지내는 방법을 터득해야 해결되는 숙제다. 언제나 내 편이고 스스로에게는 속일 것도 부끄러울 것도 없는 죽음까지 함께하는 유일한 내 편. 그런 나와 사이가 좋아지면 나를 그냥 내버려 둘 수가 없다. 누구보다 나를 사랑하는 나는 나를 멋진 사람으로 만들 것이고 그런 사람은 타인도 좋아할 수밖에 없는 매력을 뽐내게 된다.

외로움이란 얼마나 무서운 감정인지 안다. 그렇지만 그 공포에서 벗어나 우뚝 일어나 당당하게 세상을 살아가야 하는 것도 나의 몫이다. 내가 넘어지려 할 때 내 두 발이 힘을 얻도록 용기를 주고, 마음이 울적하면 술 대신 산책을 권하고, 누군가가 너무 그리워지면 이불을 덮고 눕는 대신 펜을 꺼내 글을 쓰라고. 혼자여서 외롭다는 생각 대신 혼자이기에 지금 이 순간 무엇이든 할 수 있다는 사실에 감사하고, 언제나 어디로든 훌쩍 내가 원하는 곳으로 나를 데려갈 수 있는 자유에 행복한. 나는 이제 그런 내가 되고 싶다.

라디오,
세상을 향한 작은 문

지인을 만나러 분당으로 향하는 길이었다. 고속도로를 달리면서 오래간만에 라디오를 켜보았다. 정말 오랜만이었다. 라디오를 청취한 것이. 중학생 시절부터 대학 때까지 라디오를 즐겨들었던 기억이 있다. 그 시절만 하더라도 스마트폰이 없어 내가 원하는 것을 골라 보고, 듣는다는 건 상상할 수 없었다. 요즘은 유튜브 같은 동영상 플랫폼이나 다양한 OTT 서비스를 통해 실시간으로 선호하는 콘텐츠만을 골라 듣고, 볼 수 있다. 또 알고리즘을 통해 다양한 도구들이 내 취향을 저격해준다. 내가 좋아하는 것들만 반복해서 들으며 맞춤형으로 내 감성과 정서적 허기를 채운다는 점에서는 더할 나위 없이 만족스럽다.

그날은 비가 오는 날이었다. 날씨 탓인지 그날은 나도 모르게 라디오 버튼에 손이 갔다. 약속 장소까지 가는 내내 라디오를 들으니 마음이 몽글몽글해졌다. 사랑하는 이와 이별 후 사람들과 소통하며 지내는 일이 드물었는데 누군가의 사연을 듣고 그 사연과 관련된 음악을 들으며 나 역시 공감하는 부분이 있어 간접적으로나마 함께 있는 기분이 들었다. 실시간으로 진행하는 라디오 DJ의 재치 있는 입담과 함께 시청자들로부터 보내온 사연과 신청곡을 들으며 옛 추억이 새록새록 떠오르기도 했다. 고등학교 시절 점심시간이나 청소 시간에도 교내 방송을 통해 학생들의 사연과 신청곡을 들려주었다. 나 역시 친한 친구의 생일을 축하한다는 메시지를 신청곡과 함께 보낸 기억이 있다.

그날 한 청취자의 신청곡과 사연이 잊히지 않고 계속 머리와 가슴에 맴돈다. 사연인즉 이번에 수능을 본 딸이 있는데, 자신이 바빠 뒷바라지를 제대로 해주지 못해 늘 미안했는데도 좋은 성적으로 원하는 대학에 진학하게 되었다는 것이다. 그래서 너무 행복하다며, H.O.T의 '행복'을 신청했다. 추정하건대 아마도 신청자는 내 나이 또래의 엄마였지 싶다. H.O.T의 '행복'은 내가 수능시험을 볼 때쯤 유행했던 노래다. 라디오 속에서 흘러나오는 '행복'을 나도 크게 따라 부르며 목적지를 향해 달렸다. 영상이 없는 라디오라 DJ 얼굴이나 사연을 보낸 애청자들의 얼굴은 볼 수 없었지만, 그들을 상상하며 라디오의 세계에 홀딱 빠져 있느라 오가는 길이 하나도 외롭지 않았다.

우연히 듣게 된 라디오. 그런데 그 시간 동안, 세상과 단절하고 혼자만의 시간을 갖겠다며 나만의 동굴에서 지내 온 수개월의 어둠의 시간이 스쳐 지나갔다. 라디오에서 흘러나오는 음성은 마치 내게 "이제는 세상의 소리를 듣고 세상에 나와 보렴."이라고 조심스레 외치고 있는 것만 같았다. 사람들의 기억 속에 점점 잊히고 사라져가는 라디오라는 존재가 내게는 새삼 세상과의 소통에 대한 벽을 허물어주는 문으로 다가올 줄이야. 물론 그 문은 밖에서 안으로 열리는, 내가 원하지 않아도 내 귀에 소리를 들려주는 것이지만. 어쩌면 지금의 내게는 그런 문이 필요했던 건지도 모른다.

이별이 가장 슬플 때는
그의 목소리를 들을 수 없을 때다.
언제든 나의 '안녕'이라는 말에
'안녕!'이라고 답해주던 그 상냥한 목소리가
이제 더는 나를 향하지 않는다는 걸
알게 되었을 때.

진짜 이별이 왔다는 걸 느낀다.

모든 스토리에는 위기가 있다

동물을 너무 사랑하고 이 일을 사랑하는데, 하루에도 수십 번 조교사 면허를 반납할까 고민하는 딜레마에 빠졌다. 저녁이 되면 내일이 오는 것이 두렵지만, 또 마음에 들지 않는 오늘을 지우고 다시 도전해볼 수 있는 내일이 오지 않을까 기대하는 아이러니한 상황도 나의 처지다. 아무리 생각해도 말을 타고 관리하는 걸 제일 잘하고, 그 말을 경주에 내보내는 일이 가장 즐거운데. 성적으로 타인에게 증명해야 하고, 그 대가를 치러야 하는 건 생존의 고통과 직결된다. 내가 이기적인 걸까.

온종일 이 생각으로 머리가 지끈거리기에 내 마음을 찬찬히 들여다보니 내가 말을 사랑하고 이 일을 사랑하는 것만큼은 명확하다. 난 그저 경주마들과 행복하고 싶다. 다른 곳도 아닌 여기, 이곳 경마장에서 행복을 찾고 싶다.

문득 나의 인생 영화 〈행복을 찾아서〉가 떠오른다. 최악의 현실 상황 속에서도 주인공은 아들의 손을 꼭 붙잡은 채 삶을 포기하지 않는다. 그리고 결국 바닥에서 희망의 불씨를 찾아 도전하고 성공하게 되는 이야기다. 많은 사람이 역경을 딛고 극복해 성공하는 주인공의 이야기를 좋아한다. 나 역시 그렇다.

그러나 현실은 좀 다르다. 누구나 자신이 처한 상황이 힘들 때면 오직 내 문제가 가장 크고 힘든 것 같아 주변은 전혀 보이지 않는다. 아마 지금의 나도 딱 그런 형국인 듯하다. 누군가 실패는 없고 과정만 있다고 했던 것처럼, 포기하고 싶지 않지만 앞으로 나아가기도 힘든 이것을 과정으로 받아들일 수만 있다면. 그리고 그 과정이 내 삶의 목표가 될 수 있다면 나는 실패가 아닌 작은 성공을 이뤄내고 있는 것일 텐데.

모든 스토리에는 위기가 있다. 위기가 있어야만 그 스토리는 빛난다. 주인공의 삶은 비로소 멋지게, 감동적으로 완성된다. 지금 나는 그 위기의 시간을 지나고 있다. 언젠가 이 삶의 곡선 마지막쯤에 섰을 때, 지금을 돌아보며 이야기할 수 있길 바란다.

"꽤 값진 시간이었어."

좀 더
예뻐해주세요

요즘 나와 냉전 중이다. 나에게 심하게 토라졌다. 이렇게 나와 사이가 안 좋은 날은 기분도 좋지 않고 무엇보다 예민하다. 타인과의 관계에서도 긍정적이기보다는 부정적인 에너지가 먼저 나간다. 그것이 곧 관계의 균열로 이어지기도 한다. 회피, 불만, 오해, 최악의 경우 손절까지. 그 원인이 나로부터 시작되었다면 그러한 악순환은 반복될 수밖에 없다.

나와 사이가 좋지 않을 때는 마음에 여유가 없다. 그러다 보니 상대의 행동 하나하나가 거슬리고 상대의 사소한 실수에도 관용을 베풀지 못한다. 이때는 누군가를 배려하고 포용하고 관용을 베풀 마음의 여유가 없는 자신을 전혀 자각하지 못한다.

이별 몇 년 차. 나에게 금주령을 선포하고 새벽에 일어나 세운 계획대로 일을 처리하고 하루를 정리하는 글쓰기까지 마무리하는 루틴을 주었다. 한동안 그것을 잘 지켰는데, 그래서 깐부, 던킨과 함께 뿌듯하게 잠자리에 들었는데. 며칠 전 그 계획이 와르르 무너진 것이다. 그저 플랫폼으로 좋은 영화나 한 편 보다 잠드는 게 계획이었는데, 배고픔에 와인과 간식을 먹기 시작한 것이 결국 와인 한 병을 비우고 몇 차례 간식, 아니 안주가 리필되며 그날 밤은 취한 채로 잠이 들었다.

새벽. 거울 속의 나는 어제보다 두 배는 되어 보이는 얼굴이었고. 간만의 알코올 투척으로 속은 뒤집어지고 있었다. 절제를 잃은 나 자신에게 심하게 토라진 나는 해야 할 일도 하기 싫고, 사람을 만나기도 싫고, 그래서 결국 종일 나와 싸우고 만신창이가 되었다. 이런 나와 화해하기까지 꽤 시간이 걸릴 게 뻔해서 더 화가 난다.

나와의 약속을 지키는 건 쉽지 않다. 이 사실을 인정하고 때때로 실수해도 너그럽게 용서하고. 자주 단호하고 적당히 관용적이어야 한다. 그렇게 나와 사이가 좋고 내가 예뻐 보여야 타인도 예뻐 보이는 법이다.

그리고 내가 타인을 예뻐해야 타인도 나를 예뻐한다는 걸. 잊지 말자.

세상에서 가장 강한 이름,
엄마

혹서기로 경마를 한 주 쉬어가는 주간이다. 매년 혹서기, 혹한기, 추석, 설날 같은 명절을 포함해서 네 번은 경마를 쉰다. 한 주 경마를 쉬는 건데도 이곳 경마장은 꽤 여유롭게 느껴진다. 아마도 1년에 네 번밖에 없는 쉼이라 더 그럴 것이다.

휴장기를 맞아 3년 만에 부모님을 뵈러 내 고향 마산에 다녀왔다. 칠순인데도 아직 청소일을 하는 엄마를 보며 새삼 엄마의 젊은 시간을 떠올려보게 되었다.

내가 경마장에 들어올 때 즈음에 엄마는 지금 내 나이와 비슷했다. 나는 아직도 어린 사춘기 소녀 같은데 그때의 엄마 나이와 지금의 나를 비교해보니 영 기분이 이상하다. 기억 속에 엄마와 나는 분명 같은 나이인데 난 여전히 엄마의 어리광쟁이 막내딸이고, 엄마는 노년의 지긋한 어른이다.

칠순이 넘어서까지 청소일을 하시는 엄마를 볼 때면 안쓰러운 마음이 앞선다. 굳이 힘들게 아픈 몸을 이끌고 일을 하지 않아도 될 텐데 싶어 "그만 좀 해, 이제."라고 말하면, 돌아오는 대답은 예상 밖이다. "이 나이에도 누구 도움 없이 스스로 몸을 움직일 수 있고 일을 할 수 있다는 것이 얼마나 감사한 줄 모른다." 그러면서 너무나 자신을 뿌듯해 하시는 것이다. 내 눈에만 엄마가 안쓰러워 보일 뿐이지 엄마의 입장은 전혀 그렇지 않았다. 그렇게 생각하고 말씀하시는 엄마의 말을 듣고 나도 깨닫고 반성하는 부분이 있었다. 이렇게 젊고, 매력적인 직업까지 가지고 있는 나에게 감사할 이유가 얼마나 충분한가.

어릴 적에는 삼 남매를 키우며 매일 술에 취해 들어오시는 아버지까지 감당하는 엄마의 삶을 보면서 저렇게 살 거면 왜 결혼을 할까, 생각한 적이 많았다. 당신 자신의 삶은 온데간데없고 오롯이 가정을 위해 희생하고 참고 견디는 것이 엄마의 삶인 것 같았다. 그래서 나는 어릴 적부터 '절대 엄마처럼 살지 말아야겠다.' 무슨 일이 있어도 '나 자신을 위한 삶을 살겠다.'라고 다짐했다.

하지만 엄마가 그런 미래를 알고 선택한 길은 아니었을 것이다. 누군가의 뒷바라지를 하고, 힘겹게 가정을 지키면서 자신의 꿈을 포기한 채 살 거라고는. 엄마도 외할아버지와 외할머니 사이에서 태어난 소중한 딸이었을 테고. 10대 때는 사춘기 시절도 있었을 테고, 20대 때는 봉긋한 사랑의 감정이 한껏 싹트는 청춘의 시절도 있었을 텐데. 스무 살이라는 꽃다운 나이에 아빠에게 시집와서 오빠 둘과 나를 낳고 살면서 20대, 30대, 40대를 지나 70대까지… 오롯이 가정을 위해 헌신하며 살 게 될 것이라 상상이나 했을까. 엄마에게도 자기만의 꿈이라는 게 있었을 텐데 말이다.

수년간 엄마와 왕래도 뜸하고 전화 연락조차 자주 하지 않은 긴 시간이 있었다. 가끔은 서먹할 정도로 관계가 소원한 적도 있었다. 최근 우연히 유튜브 영상을 통해 국민 연예인 이효리가 엄마와 함께 가는 여행프로그램을 재밌게 본 적이 있다. 이효리 역시 어린 시절 (똑같지는 않지만) 나와 비슷한 환경 속에서 부모님과 거리감이 있었다는 것을 프로그램을 통해 알 수 있었다. 시청자 입장에서 이효리도 공감이 되면서 동시에 이효리 씨의 엄마 마음도 이해가 되었다. 그리고 나의 엄마 얼굴이 떠올랐다.

그 프로그램 이후 나는 거의 매일 엄마와 통화를 한다. 서로의 이야기를 숨김없이 하는 사이가 되어가면서, 역시 세상에 둘도 없는 내 편인 엄마가 있었다는 것을 새삼 깨달았다. 그리고 아직 엄마가 건강하게 살아 계시다는 것에 감사함을 느낀다. 이별이 지나간 쓰린 자리에 엄마의 목소리가 채워지면 그 순간만큼은 따뜻함으로 가득했다.

"요새 너랑 매일 통화하면서 내가 얼마나 행복한 줄 아니?"

3년 만에 고향 집에 가서 부모님께 맛있는 것도 사드리고 시간을 보내고 있을 때 엄마가 나에게 한 말이다. 나와 매일 대화를 나누는 요즘이 정말 행복하시다고. 그 자리에서 말은 못 했지만, 내가 오히려 받는 게 더 많은 것을. 당신은 나를 위해 지옥 불에도 뛰어들 수 있으면서. 그렇게 세상에서 가장 강한 것이 나의 엄마인 이유는. 자식인 내가 약해질수록 더 강해질 수밖에 없어서, 누구에게 어떤 투정도 부릴 수가 없어서가 아닌가 싶어 눈시울이 붉어진다.

언젠가 엄마도 내 곁을 떠날 것이다. 함께할 시간이 영원할 수는 없겠지만, 커다란 이별 앞에 내가 할 수 있는 건 좀 더 자주 연락하고 좀 더 많이 사랑하는 것. 내 곁에 엄마가 있어서… 행복하다.

너를 잃고
나를 얻다

나의
일탈 일지

'카톡' 소리가 밉다.
그 애절한 울림이 버겁다.

잠시 비행기 모드로 바꾸고,
기억 속 비행에 오른다.

눈을 질끈 감는다.
오늘은 일탈해버릴 거야.
아무도 말리지 마.

잠깐 모든 걸 내려놓자
온갖 슬픈 생각이 몰려온다.
아, 나는 지금 이별 중이었지.

5분도 지나지 않아 핸드폰을 켠다.
그사이 쌓인 수십 개의 카톡에 응답하며
열심히 일에 매달린다.

그래, 잠깐 잊고 있었다.
때로는 일이 내 이별로부터의 일탈이란 걸.

당분간 이렇게 일탈하기로 하자.
아무도 말리지 마.

당신의 이별을 응원합니다

당신의 이별을 응원합니다.
열심히 열정적으로 이별하기를,
누구에게도 지지 않고 더없이 강렬하게 이별하기를,
그리하여 두 번 다시 그런 이별이 없어도 될 거라고,
너무 지긋지긋해서 생각하고 싶지도 않다고 말할 정도로
지리멸렬하게 이별하기를,

이런 내가 다시는 보고 싶지 않아서,
나를 이렇게 만든 그를 지워버리고 싶을 만큼,
그렇게 최선을 다한 이별을 하길,

진심으로 응원합니다.

터널 밖
빛을 향해

밤새 눈이 내렸나 보다. 새벽의 경주로가 하얗게 눈으로 덮여 있다. 어제는 비가 왔는지 눈이 왔는지 내 기억엔 없다. 일을 마치고 들어온 후부터는 암막 커튼이 쳐진 방에서 한 발자국도 나가지 않았으니 알 턱이 없다. 눈 상태를 봐서는 밤부터 내린 듯 보였다. 나는 눈이 오는 걸 그다지 좋아하지 않는다. 차라리 타닥타닥 지붕에 부딪히는 빗소리가 좋아 어느 계절에 상관없이 비가 오는 건 좋아하는 편이다. 비는 세상을 말끔하게 씻어주는 것 같아 싫을 이유가 별로 없다.

눈은 조금 다르다. 눈이 오는 날이면 루돌프나 산타클로스 할아버지가 떠올라야 하는데, 쌓인 눈을 어떻게 치울까 걱정부터 하게 된다. 눈과 먼지가 뒤섞인 거리는 지저분하고 거기다 눈이 얼어붙은 도로는 위험하기까지 하다. 특히나 경기가 열리는 날에 함박눈이 내리면 말들이 뛰어야 하는 경주로가 위험하다. 내게 눈이 반갑지 않은 가장 큰 이유 중 하나일 것이다. 모래주로에 소금을 뿌리면 경주로가 얼지는 않지만, 모래와 눈과 염화칼슘이 뒤섞여 무거운 진흙탕 반죽이 된다. 말들이 뛰기엔 악조건 중에 최악인 상황이다.

주말인 오늘, 내가 관리하는 말이 첫 번째 경주에 출전한다. 경주 경험이 한 번밖에 없는 말이기도 하고 특히 이런 악천후 속에서 경기를 뛰어본 적이 없는 말이라 무사히 경기를 잘 치를 수 있을지 걱정이 이만저만이 아니다. 경기 편성으로 봐서는 좋은 성적을 거둘 가능성이 높기는 한데 날씨와 경주로 환경이 좋지 않다는 게 기대감을 떨어뜨렸다. 사실, 더 큰 이유는 지난 두 달간 내가 출전시킨 말이 번번이 패한 데 있다. 자신감이 바닥을 치고 있는 데다 기대가 크면 실망도 커질까 봐 '오늘도 망했네.'라고 미리 연막을 치는 방어기제가 발동했다.

담담하게 경주를 지켜보았다.

눈보라를 가르며 질주하는 경주마를 보면서 강제로 뛰어야 하는 말들이 안쓰럽다는 생각을 잠시 하게 된다. 그런 생각도 잠시, 이게 무슨 일. 내가 관리하는 말이 결승선을 제일 먼저 통과하는 것이다. 하얀 경주로 위 말 무리 속을 뚫고 결승선을 가장 먼저 통과하는 말이, 바로 나의 말이었다! 평소 같으면 천장이 뚫릴 듯 점프하며 기뻐했겠지만, 순간 어제 어두운 터널 속 널브러져 있던 내가 취할 행동은 아닌 것 같아 그냥 덤덤한 척 조용히 즐겼다. 상황에 따라 오르락내리락 변화무쌍한 나 자신을 보면서 피식 웃음이 나왔다.

터널 밖 빛을 향해 나가리라, 무거운 발걸음을 떼기 시작한 시도가 결코 헛되지 않았던 것일까. 끝이 없을 것만 같았던 터널이 생각보다 길지만은 않겠단 생각에 가슴이 뛰었다. 그래, 행복은 이렇게… 흘러가는 삶 속에 문득문득 선물처럼 찾아오는 거구나. 그리고 그런 선물을 기다릴 수 있는 내 하루하루의 삶이 행운인 거구나.

내일 나는 또다시 어두운 동굴을 찾아 들어갈지도 모르지만, 다시 일어설 나를 믿고 기다리기로 했다. 내가 나를 얼마나 사랑하는지 아는 이상 혹시 내가 나를 놓을까 더는 미리 걱정하고 불안해하지 않기로 했다. 힘들면 힘든 대로 좋으면 좋은 대로, 너무 애쓰지 말고 살아보기로 했다. 나를 위해서.

글을 마무리하며 한 마디 덧붙이자면. 이제 나는 눈을 꽤 좋아하게 될지도 모르겠다.

잘
가요

한 해를 마무리할 때쯤엔 늘 어떤 글을 쓸까 고민하게 된다. 지난 한 해 나를 돌아보니 외로움, 우울, 고립, 나태, 권태, 절망 같은 힘들고 부정적인 단어들만 떠올라서 오늘의 글은 여백으로 남기고 싶었다. 그런데 마음을 고쳐먹었다.

지난해는 많이도 외로웠다. 모든 게 절망적이었고 우울했다. 그랬던 내가 글을 쓰기 시작하면서 진심으로 나 자신에게 질문하기 시작했다.

"이렇게밖에 할 수 없는 거야? 이게 정말 네가 바라는 거야? 외로움을 자처하고 스스로 고립을 선택한 거 아니냐고."

난 아니라고 대답하지 못했다.

사람에게, 특히 한 사람에게 긴 시간 의존해왔던 내 삶은 갑자기 남겨진 혼자만의 시간과 공간을 견뎌내지 못했다. 인간은 누구나 외로운 존재라는 보편적 진리를 이해하면서도 관계에 대한 집착은 나를 계속 외로움 덩어리로 만들어버렸다. 벼랑 끝으로 나를 몰아세웠을 때야 비로소 나라도, 나만이라도 내 손을 잡고 나와 있어줘야겠다는 생각이 들어 정신을 차렸다. 그렇게 나와 놀기 시작한 게 글쓰기였다.

글쓰기는 나를 살렸다.

매해 마지막 날에 "작년 한 해를 통째로 날려버리고 싶어."와 같은 말을 하지 않기 위해서 노트 위에 소망하는 단어들을 적어본다. 내 삶에 파릇파릇 다시 돋아나길 바라는 말들.

사랑해. 고마워. 잘할 거야. 힘내.

그리고 마지막으로 용기 내어 말해본다.

안녕. 잘 가요.

함께 꿈을 꾸는 존재라는 것

적게는 한 달에 두 번, 많게는 한 달에 네 번 정도 제주도에 간다. 경주마 생산 목장에 가기 위해서다. 미래의 경주마가 될 여러 말들을 미리 만나면서 열매의 씨에서 나무를 보듯 망아지에게서 미래의 명마를 본다. 우리는 대부분 무언가를 볼 때 그것의 표면만을 본다. 하지만 말을 다루는 우리 조교사들은 마치 본능이자 습관처럼 그 안에 담긴 잠재성을 보게 된다. 이제 겨우 초원을 달리기 시작한 망아지를 보면서 미래의 경주마가 되어 경주에 출전해 함께 우승하는 꿈을 꾼다. 그 안에 담긴 재능과 미래에 이룰 꿈의 씨앗을 보는 것이다.

그래서 마음에 드는 말을 만났을 때 큰 경주에서 우승하며 함께 영광을 누리는 상상을 펼친다. 목장을 돌다 망아지들을 만날 때면 미래의 멋진 모습들을 수없이 상상하며 '아…! 조교사란 직업은 정말 매력적이야.' 하는 생각에 행복해진다. 그리고 선택한 말들이 경마장에 들어와 나와 호흡하면서 함께 훈련하고 성장할 때마다 벅찬 감정을 느낀다. 특히 함께 훈련한 말이 우승했을 때, 우리는 서로 그 우승의 기쁨을 공유하는 특별한 관계로 남게 된다. 물론 나쁜 기록이 나오면 말과 나는 함께 욕을 먹는다. 한 몸이기에 함께 우울하고 함께 좌절감을 느끼기도 한다. 그래서 조교사는 단순히 좋은 말을 고르고, 훈련하는 일만을 하는 게 아니라 그들에게서 꿈을 읽는 사람이다. 말은 내게 꿈의 동반자와도 같다.

기수 시절에는 경주마를 타고 꿈을 향해 달렸다. 조교사는 경주마를 타고 직접 경주에 출전하지는 않는다. 그러나 기수와는 또 다른, 어쩌면 더 넓은 의미의 꿈을 꾼다. 망아지 시절부터 함께하게 될 말을 만나고, 말이 경주에 출전해 경주를 잘 치를 수 있도록 직접 기승해서 훈련하는 역할을 하고. 또 24시간 아기를 돌보듯 먹는 것부터 아픈 곳, 잠자리까지 챙기는 것이 조교사의 일이다. 그리고 말의 마지막을 함께하는 이별의 절차까지 마무리해야 하는 것 또한 조교사의 몫이다. 수많은 말과 만나고 또 헤어지지만, 여전히 조교사로서 가장 힘든 일은 수년간 동고동락한 말들과 이별할 때다. 어느 말 하나 이별이 슬프지 않은 친구는 없다. 그중에서도 종종 특별히 가슴이 찢어질 듯 아픈 그런 이별이 있다. 그날은 언제까지고 잊히지 않는다.

우리는 사물을 통해서 의미를 새기고 과거의 추억을 회상하기도 하지만, 그것은 시간이 흐르면 금세 잊기 마련이다. 그러나 사람과 함께한 추억은 오래도록 기억되며 서로의 영혼 속에 기록되기도 한다. 말 역시 그렇다. 살아있는 존재이기에 함께한 모든 순간이 영혼에 기록된다.

매년 봄이 되면 2세의 어린 말들이 각 마방마다 적게는 15마리, 많게는 25마리 정도가 들어온다. 다른 의미로는 그만큼의 경주마가 경마장을 떠난다는 뜻이기도 하다. 그중에는 기대한 것보다 좋은 성적으로 잘 뛰어주고 건강하게 경주마로 은퇴하는 경우도 있다. 그렇게 제2의 삶을 찾아 경마장을 떠나는 말들은 그나마 다행이고 마음이 놓인다. 그렇지 않고 잔뜩 기대를 안고 경마장에 들어와서 기대만큼 성적을 내주지 못하는 말은 나와 함께 엄청난 질타와 욕을 먹으면서 경마장에서 버텨내야 한다. 기대에 부응하지 못하고 건강하지 못한 상태로 경마장을 떠나보내야 하는 수많은 말들이 있었다. 그 말들을 볼 때면 내가 부족해서, 내가 미진해서 그랬던 건 아닐까 자책하게 된다. 그런 말들은 더더욱 오래도록 아프게 마음속에 자리 잡는다. 슬프고 아픈 꿈을 꾸다 깨서 남는 여운처럼.

함께 꿈을 꾸는 존재, 사랑하는 존재는 현재 모습만을 보지 말고 그 안에 담긴 잠재력을 보아야 한다. 그리고 끝까지 믿고 지지하고 편이 되어주어야 한다. '함께 꿈꾼다'라는 것은 일단 서로를 선택하고 함께 가기로 했다면, 그 과정에서 생기는 기쁨도 슬픔도 공유하면서 언제까지나 함께 가는 것이다. 나와 말의 관계가 그렇다. 일단 선택했다면 최선을 다해 함께 가보는 거다. 설령 그 선택이 기대에 미치지 못하더라도 처음 함께 꿈을 꾸던 '꿈의 동반자'라는 사실을 잊지 않기 위해 노력한다. 어쩔 수 없이 짧은 인연으로 이별해야 하거나 성적을 내지 못해 아쉽게 서로를 떠나야 하는 경우가 있다. 그러나 함께하는 시간 동안 최선을 다하고 서로를 믿었다면, 그 관계가 끝났다 하더라도 영원히 가슴에 새겨진다. 서로를 응원하고 그리워하는 관계로 남는다. 그게 진정한 꿈의 동반자다.

그러니 사람이든 말이든 우리가 누군가와 함께 꿈을 꾸기로 했다면, 그게 누구든 끝까지 믿고 지지해주길. 함께하는 동안 원없이 기쁨과 슬픔을 공유하며 끝까지 가보는 거다. 그런 진정한 '꿈의 동반자'가 내 삶에 가득해지길 바라본다.

Epilogue

책을 닫으며 고맙다는 말을 전할 곳이 너무 많지만, 가장 먼저 나의 커다란 이별과 또 잦은 여러 이별들에게 고맙다는 말을 전한다. 그 이별이 나를 성장시키고 세우고 또 살게 하고 있다. 물론, 이별은 아직도 아프고 싫고 때때로 혐오스럽기까지 하지만… 어쩌면 내 삶은 팔 할이 이별이 키웠다.

내 마음속에서 아무리 소리쳐도 나가지 않는 한 사람. 그런 그에게, 아직 이별 중인 난 이미 잊힌 존재이겠지만… 그래도 나는 그의 행복을 기도한다. 내 마음이 그를 지켜줄 수 없지만, 내 기도가 그를 지켜줄 수 있다면 기꺼이 매일 기도할 것이다.

그리고 그 기도와 함께 나는 그를 잊어갈 것이다. 나의 우울과 불안과 슬픔이 오랜 기억과 함께 모두 휘발된 후. 그래도 남은 게 있다면 아주 작고 예쁜 한 장의 사진으로 만들어 내 마음 사진첩에 오래도록 간직할 것이다. 그것이 내가 이별하는 방법이며, 끝나지 않은 내 사랑을 정리하는 방법이다.

부족한 글을 쓰고 다듬도록 긴 시간 도와준 친구와 칭찬을 아끼지 않아 준 출판 관계자들. 혹여 내가 죽지는 않을까 문고리에 먹을 것을 걸어주고 간 벗들과 자주 안부를 물어주는 따뜻한 마음을 가진 지인들. 함께 일하는 마방의 동료들과 수많은 가르침을 준 선배와 또 후배. 나를 믿고 또 존재하게 해주는 마주들과 세상사 찬바람에 마음이 시릴 때마다 온기를 전해주는 학교 선생님들. 오며 가며 내 생사를 확인하러 온몸을 부비고 만져대는 깐부와 던킨. 종일 같이 있어도 몇 마디 하진 않지만, 이심전심 마음을 알아주는 본이 언니. 내 일이라면 언제든 발벗고 나서주며 응원을 아끼지 않는, 긍정의 아이콘 홍대유 조교사님. 마지막으로 아직은 보낼 준비가 되지 않은 세상 하나뿐인 진짜 내 편 엄마에게…

특별한 감사를 전한다.

너를 잃고 나를 얻다

펴낸날 초판 1쇄 2025년 3월 24일

지은이 이신우
펴낸이 임혁준
펴낸곳 더스토리정글
출판등록 2023년 12월 4일 제2023-000131호
(07788) 서울시 강서구 마곡중앙로 161-8 두산더랜드파크 B동 1104호
전화 02)6365-2001 팩스 02)6499-2040
onenessmedia@naver.com

ISBN 979-11-990246-1-8 (03810)

이 도서의 국립중앙도서관 출판시도서목록(CIP)은 서지정보유통지원
시스템 홈페이지(http://seoji.nl.go.kr)와 국가자료공동목록시스템
(http://www.nl.go.kr/kolisnet)에서 이용하실 수 있습니다.

- 책값은 뒤표지에 표시되어 있습니다.
- 잘못된 책은 구입하신 서점에서 교환해 드립니다.

책임편집 서지영